Patricia Schröder

Lilly – Lampenfieber und kein bisschen leise

Patricia Schröder

Lilly

Lampenfieber und kein bisschen leise

Band 2

cbt

Bei diesem Buch wurden die durch das verwendete Material und die Produktion entstandenen CO_2-Emissionen ausgeglichen, indem der cbj Verlag ein Projekt zur Aufforstung in Brasilien unterstützt. Weitere Informationen zu dem Projekt unter: www.ClimatePartner.com/14044-1912-1001

FSC www.fsc.org MIX Papier aus verantwortungsvollen Quellen FSC® C014496

Wir produzieren Klimaneutral ClimatePartner.com/14044-1912-1001 Druckprodukt

Penguin Random House Verlagsgruppe
FSC® N001967

Sollte diese Publikation Links auf Webseiten Dritter enthalten, so übernehmen wir für deren Inhalte keine Haftung, da wir uns diese nicht zu eigen machen, sondern lediglich auf deren Stand zum Zeitpunkt der Erstveröffentlichung verweisen.

1. Auflage 2021
Erstmals als cbt Taschenbuch Dezember 2021

Lektorat: Maren Jessen
Umschlagbild und Vignetten: Dagmar Henze
Umschlaggestaltung: basic-book-design, Karl Müller-Bussdorf
mk · Herstellung: LW
Satz: KompetenzCenter, Mönchengladbach
Druck: GGP Media GmbH, Pößneck
ISBN 978-3-570-31464-7
Printed in Germany

www.cbj-verlag.de

Jungsprobleme

»Ich finde, es ist schon viel zu lange nichts mehr passiert«, sagt Blümchen.

»Jep«, bestätige ich, lehne meine Stirn gegen ihre Schläfe und gähne herzhaft. »Unser Leben ist so langweilig wie eine Kanu-Tour in der Sahara und so fad wie eine Leberwurststulle ohne Leberwurst.«

Wir liegen nebeneinander auf meinem Bett, blättern alte Zeitschriften durch und warten darauf, dass Yassi sich meldet. – Was sie eigentlich schon vor einer halben Stunde tun wollte.

»Vielleicht ist dein Klingelton aus«, überlegt Blümchen.

»Mein Klingelton ist nie aus«, erwidere ich.

»Trotzdem«, sagt sie. »Guck doch bitte noch mal nach.«

»Aye, aye, Mylady.« Grinsend drücke ich ihr einen Kuss auf die Wange. Dann setze ich mich auf, fische mein Handy vom Nachttisch und checke die Eingänge der letzten vierundzwanzig Stunden ein weiteres Mal durch.

»Und?«, fragt Blümchen ungeduldig.

»Noch immer nix.«

Seufzend lässt meine Freundin ihre Zeitschrift sinken. »Hoffentlich ist ihr nichts passiert.«

»Quatsch«, sage ich. »Was soll ihr denn passiert sein? Bestimmt muss sie nur noch im Imbiss aushelfen.«

»Wenn es so wäre, hätte sie dir garantiert eine Nachricht geschickt«, brummt Blümchen. »Hat sie aber nicht.«

»Mensch, Yassi ist doch nicht meine Sklavin, die mir für jeden Schritt, den sie macht, Rechenschaft schuldig ist«, gebe ich stöhnend zurück.

»Trotzdem«, sagt meine Freundin schon wieder und zieht ihr berühmt-berüchtigtes Grummel-Gesicht. »Ich mache mir nun mal Sorgen.«

Mühsam verkneife ich mir ein neuerliches Grinsen.

»Vor ein paar Wochen noch hast du gesagt, dass sie mit ihren Problemen selber klarkommen muss, und jetzt würdest du sie am liebsten in Wattebäuschchen hüllen.«

»*Vor ein paar Wochen* ist ungefähr dreitausend Jahre her«, stellt Blümchen klar. »*Damals* konnte ich überhaupt nicht ahnen, wie gern ich Yassi *jetzt* haben würde.«

Ich kneife sie freundschaftlich in den Arm. »Stell dir vor, ich hab sie auch gern, und trotzdem drehe ich nicht gleich durch, wenn sie sich mal ein bisschen verspätet.«

Genau genommen hatte ich Yassi sogar schon vor Blümchen gern, aber ich spare es mir, das zu bemerken. In manchen Dingen kann Blümchen nämlich ziemlich empfindlich sein.

Sie und ich sind schon seit der Grundschule miteinander befreundet. Yassi, die eigentlich Yasemin heißt und aus einer türkischen Familie stammt, ist erst kurz vor den Sommerferien in unsere Klasse gekommen. Der Umstand, dass sie ein Kopftuch trägt, hat damals einen ziemlichen Wirbel bei unseren Mitschülern ausgelöst. Beinahe wäre daran sogar Blümchens und meine Freundschaft zerbrochen. Ich bin heilfroh, dass die Wogen von vor *ungefähr dreitausend Jahren* inzwischen geglättet sind und wir uns zu dritt richtig gut verstehen. Und damit bloß kein neues Sturmtief aufzieht, halte ich jetzt geflissentlich die Klappe.

»Ich drehe nicht durch«, erklärt Blümchen und nimmt mir das Handy weg. »Ich mache mir bloß meine Gedanken. Und das tue ich lieber ein Mal zu viel als ein Mal zu wenig.«

»Okay.« Ich nicke und warte geduldig ab, bis auch sie meine Eingänge durchgecheckt hat.

»Drei SMS von Björn-Dakota«, stellt sie fest und wirft mir einen vielsagenden Blick zu. »Und zwei von Luis. Seine letzte Nachricht ist von vorgestern.« Sie atmet geräuschvoll ein. »Darf ich sie lesen?«

»Wenn es dich glücklich macht«, entgegne ich schulterzuckend.

»Bestimmt nicht«, murmelt Blümchen und atmet nun laut schnaufend aus. »Da steht ja überhaupt nichts!«

»Nee«, sage ich.

»Und warum löschst du sie dann nicht?«, will meine Freundin wissen.

»Keine Ahnung. Hab ich wohl vergessen.«

»Ts«, meint sie kopfschüttelnd und tippt weiter auf dem Display herum. »In der anderen steht auch nichts. Die ist übrigens von vor zwei Wochen.« Blümchen sieht mich vorwurfsvoll an. »Und die hast du auch noch nicht gelöscht!«

»Kann sein«, gebe ich unbeeindruckt zurück. »Stört ja niemanden, oder?«

Die Antwort ist ein Grummeln. »Und was ist mit den Nachrichten von Björn-Dakota?«

»Die handeln alle von dir«, sage ich.

Blümchen kriegt ganz große Augen. »Wie? Von mir?«

Wieder zucke ich mit den Schultern. »Er mag dich eben und versucht herauszufinden, wie er an dich rankommt.«

Jetzt ist es eher ein Knurren, das aus Blümchens Kehle grollt.

»Reg dich ab«, beschwichtige ich sie. »Das ist doch nichts Neues.«

»Nein, aber ich hätte niemals gedacht, dass er dich deswegen mit SMS bombardiert.« Meine Freundin mustert mich forschend. »Du hast ihm hoffentlich keine Tipps gegeben!«

»Natürlich nicht«, entgegne ich. »Was denn für Tipps?«

Das ist eher eine rhetorische Frage, denn natürlich

weiß ich, was sie damit meint. Björn-Dakota ist eines der Themen, das uns seit Wochen in Atem hält und für beinahe ebenso viel Aufregung gesorgt hat wie Yassis Einzug in unsere Klassengemeinschaft.

Blümchen schüttelt unwillig den Kopf. Sie legt mir das Handy in den Schoß und starrt schweigend zur Decke.

»Ich werde sie nicht lesen«, sagt sie schließlich. »Wozu auch?«

»Klar«, sage ich. »Es gibt nicht den geringsten Grund.«

»Aber du weißt natürlich, was drinsteht …«, erwidert sie zögernd.

»Logisch.«

»Du hättest sie auch löschen können«, meint Blümchen.

»Stimmt, das hätte ich«, gebe ich zu. »Die Frage ist bloß, ob das klug gewesen wäre.«

Ich zumindest halte es für unabdinglich, über BDs zuweilen recht komplizierte Gedankengänge auf dem Laufenden zu bleiben. Nur so können wir seine Pläne durchschauen und seine Überraschungsangriffe effektiv abwehren – oder wenigstens versuchen, ihnen aus dem Weg zu gehen.

»Und?«, fragt Blümchen jetzt. »Hast du ihm zurückgeschrieben?«

»Nein«, erwidere ich. »Jedenfalls nicht direkt.«

Meine Freundin schnellt hoch wie eine Sprungfeder und sieht mich mit funkelnden Augen an. »Wie, bitte schön, kann man jemandem denn *indirekt* zurückschreiben?«, blafft sie.

»Zum Beispiel, indem man nicht auf seine Fragen eingeht«, sage ich.

Ihr Blick scheint meine Stirnplatte zu durchdringen. »Okay, und was genau hast du ihm geantwortet?«

»Dass du ihn nett findest, er sich aber keine Hoffnungen machen soll«, erwidere ich möglichst gleichmütig und zucke dabei lässig mit den Schultern, damit Blümchen gar nicht erst auf die Idee kommt, dass die Sache in irgendeiner Weise dramatisch sein könnte. »So was in der Art.«

Einen Moment lang sagt meine Freundin gar nichts, sondern guckt mich nur weiter an.

»Bist du wahnsinnig!«, brüllt sie dann plötzlich los. »Du kannst Björn-Dakota doch nicht einfach schreiben, dass ich ihn nett finde!«

»Wieso? Tust du doch«, verteidige ich mich. »Abgesehen davon finden Yassi und ich das auch. BD ist unbestritten der beste Kumpel, den man sich vorstellen kann.«

»Dann nimm *du* ihn doch!«, faucht Blümchen und zischt wie eine Rakete über mich hinweg vom Bett herunter.

»Du weißt ebenso gut wie er, dass ich nicht das geringste Interesse an ihm habe«, sage ich versöhnlich. »So wie BD ebenfalls vollkommen klar ist, dass du nicht mit ihm zusammen sein möchtest. Der Punkt ist bloß: Er will nicht aufgeben, sondern unbedingt dein Herz erobern. Er ist geradezu besessen davon. Und genau das versuche ich ihm auszutreiben.«

»Indem du ihm schreibst, dass ich ihn nett finde?« Blümchen baut sich auf meinem pink-orange gestreiften Bettvorleger auf und kreuzt die Arme vor der Brust. »Besten Dank auch, Lilly Wunderbar!«

Ich schüttele frustriert den Kopf. »Versetz dich doch bitte mal in seine Lage. Der arme Kerl schmachtet dir nun schon seit über drei Monaten hinterher und …«

»Versuch ich gar nicht erst«, fährt meine Freundin dazwischen. »Außerdem finde ich Björn-Dakota nicht nett, sondern allenfalls okay. Wenn er nicht zufällig in unsere Klasse ginge, würde ich ihn gar nicht kennen. Und dann wäre er mir völlig piepegal.«

»Dein zukünftiger Ehemann ist dir auch piepegal«, halte ich dagegen. »Weil du den nämlich *auch* noch nicht kennst.«

»Pfff!«, macht Blümchen. Sie lässt die Arme sinken und beginnt nun, vor dem Bett auf und ab zu tigern. »Was ist denn das für ein Argument?«, knurrt sie. »Abgesehen davon heirate ich sowieso nicht.«

»Na gut, aber zumindest wirst du dich irgendwann in irgendwen verlieben«, gebe ich zurück. »Und wenn es nicht BD ist …«

»Garantiert nicht!« Blümchen bleibt mit einem Ruck stehen. »Lilly«, sagt sie mit bierernstem Gesicht. »Ich will nicht mehr darüber reden.«

»*Ich* hab nicht damit angefangen«, betone ich.

Blümchen wischt meine Bemerkung mit einer ungeduldigen Handbewegung beiseite. »Und damit meine ich nicht nur Björn-Dakota, sondern das ganze Thema.«

»Mhm.« Ich nicke. »Okay.«

»Das Einzige, was mich interessiert, ist, welche Fragen er dir so stellt«, fügt sie hinzu.

Also doch nicht das *ganze Thema*, denke ich, kommentiere es aber nicht. »Welche Hobbys du hast ... Was du besonders gern magst ...«, zähle ich stattdessen auf. »Musikgruppen, Tiere, Kinofilme, Schauspieler, Farben ...«

»Oh Mann!« Blümchen verdreht die Augen. »Das ist ja die reinste Spionage!«

»Jetzt übertreib mal nicht«, entgegne ich. »Schließlich habe ich ihm nichts verraten.« Was im Übrigen gar nicht so einfach war. Björn-Dakota ist nämlich ganz schön hartnäckig. »Sieh es doch mal so ...«, empfehle ich ihr. »Da gibt es einen Jungen, der dich wirklich mag. BD findet dich toll ... hübsch und witzig und klug ...«

»Hat er das gesagt?«

»Ja, hat er.«

Blümchen schürzt die Lippen und guckt missmutig vor sich hin.

»Es nervt aber trotzdem«, grummelt sie.

»Ja, ich weiß«, stöhne ich. »Andererseits könnte es dir doch auch mal so gehen. Irgendwann ... mit einem anderen Jungen.«

Blümchen schüttelt den Kopf. »Ganz sicher nicht«,

erwidert sie. »Erstens verliebe ich mich nicht und zweitens schon mal gar nicht in jemanden, den ich nicht haben kann.« Sie deutet auf mein Handy. »Und deshalb möchte ich, dass du die Nachrichten löschst. Und zwar alle. Auch die von Luis.«

»Aha ...?«

Blümchens Logik übersteigt das Fassungsvermögen meiner glatt rechts gestrickten grauen Zellen, dennoch tue ich, was sie von mir verlangt, und befördere sämtliche Nachrichteneingänge der letzten zwei Wochen in den virtuellen Papierkorb.

»Und in Zukunft öffnest du die SMS gar nicht erst«, befiehlt sie.

»Die von BD oder die von Luis?«, frage ich.

»Beide.«

Ich zucke mit den Schultern. »Kein Thema.«

In denen von Luis gibt es ja sowieso nichts zu lesen, und was Björn-Dakota betrifft, ist es mir ohnehin lieber, wenn Blümchen sich selber mit ihm und seinen Avancen auseinandersetzt.

Meine Freundin lässt sich seufzend auf die Bettkante sinken und nagt auf ihrer Unterlippe herum. »Ich wünschte, es gäbe keine Jungs«, sagt sie. »Die machen alles nur unnötig kompliziert.«

»Findest du?«

»Allerdings«, meint sie und hebt den Blick zur Zimmerdecke. »In den Sommerferien war das Leben so wunderbar überschaubar.«

Das ist es doch noch immer, denke ich bei mir, lege mein Handy auf den Nachttisch zurück und mustere meine Freundin verstohlen. Aber irgendwie hat sie schon recht: Die Sommerferien waren wirklich toll. Blümchen, Yassi und ich haben uns jeden Tag getroffen. Mal waren wir im Kino, mal im Freibad oder bei Oma Brille im Garten, dann wieder sind wir im Bio-Imbiss von Yassis Eltern gewesen, um beim Zubereiten der türkischen Leckereien zu helfen. Alle paar Tage haben wir zu dritt entweder bei Oma Brille, bei mir zu Hause oder bei Blümchen übernachtet. Wir hatten jede Menge Spaß, und manchmal kam es uns so vor, als gäbe es nur uns drei auf der Welt. Keine Eltern, die uns etwas auftrugen oder verboten, keine Jungs oder Geschwister, die uns ärgerten. Selbst Malte und Luis tauchten die ganzen sechs Wochen über nicht ein einziges Mal auf.

Plötzlich ertönt in der Wohnung ein Rumsen, gefolgt von einem kurzen Schrei. Zwei Sekunden später fliegt meine Zimmertür auf und mein achtjähriger Bruder Philipp stürzt herein.

»Hilfe, Lilly!«, brüllt er. »Du musst mir helfen!« Er dreht eine Runde vor meinem Bett und bleibt schließlich an meinem Fenster stehen. »Hast du keine Fliegen?«

»Wie bitte?«, frage ich zurück.

»Ich brauche Fliegen«, erwidert Philipp mit Nachdruck. »Solche, die rumsummen, auf der Haut kitzeln und einem auf den Geist gehen.«

Er dreht eine weitere Runde, schlägt dabei seine Arme auf und ab und gibt ein nervtötendes Brummen von sich. Seine Lippen flattern und das Brummen klingt ziemlich feucht.

»*Du* kannst einem auf den Geist gehen«, bemerkt Blümchen.

»Ich bin ja auch eine Fliege«, erwidert Philipp.

In diesem Moment erscheint meine Mutter auf der Schwelle.

»Schluss jetzt, Philipp«, sagt sie energisch. »Lass bitte die Mädchen in Ruhe.«

»Aber ich brauche neue Rennfahrer für meine Carrera-Bahn«, jault mein Bruder. »Meine alten sind alle verunglückt.«

»Ich glaube, ich habe welche für dich«, meint Mama lächelnd und drückt ihm ein paar Pfefferminzbonbons in die Hand.

»Jippieh!«, johlt Philipp und brummt aus dem Zimmer.

»Mal sehen, wie lange die überleben«, meint sie und zwinkert uns zu. »Möchtet ihr auch welche?«

»Nö«, sage ich, und Blümchen winkt ebenfalls ab. Zum Dank werfe ich meiner Mutter aber ein Kussmündchen zu, bevor sie das Zimmer wieder verlässt.

»Gibt es eigentlich Schokoladenparfüm?«, fragt Blümchen grinsend.

Ich kneife sie zärtlich in den Arm, denn ich weiß genau, was sie meint. Meine Mutter duftet immer ein wenig nach Nougat. Entweder hat sie tatsächlich ein solches Parfüm oder es liegt an den vielen Pralinen, die sie heimlich futtert.

»Dein Bruder ist allerdings ziemlich frech«, setzt sie hinzu. »Was fällt dem ein, einfach so in dein Zimmer zu stürzen!«

»Vor einer halben Stunde hast du dich noch darüber beklagt, dass nichts passiert«, ziehe ich sie auf.

»Damit meinte ich irgendwas Cooles«, brummt Blümchen.

Schon klar. – Also definitiv nichts mit Jungs.

»Vielleicht bringt ja die Projektwoche in der Schule ein bisschen Abwechslung in unser eintöniges Leben«, sage ich wenig hoffnungsvoll, und wie zu erwarten gibt auch Blümchen nur einen Laut des Unglaubens von sich. »Vergiss es«, brummt sie. »Schule ist Schule und kein Abenteuerland. Und bis zu den Herbstferien will ich ganz sicher nicht warten«, fügt sie entschlossen hinzu. »Ich finde, wir sollten jetzt mal deine Wundersprüchebox befragen.«

Hmm, keine schlechte Idee.

Ich sinke der Länge nach auf die Matratze zurück, beuge mich über die Bettkante und fische die mit bunten Papierschnipseln beklebte Schachtel hervor. Darin sammele ich seit ewigen Zeiten lustige Sprüche – die manchmal auch ganz schön bekloppt sein können –, besonders klug erscheinende Lebensweisheiten und ulkige Empfehlungen, die ich in Mamas und Oma

Brilles Zeitschriften finde und die sich hauptsächlich auf Themen wie Kochen, Haushalt und Mode beziehen.

»Hier«, sage ich und lege sie Blümchen auf den Schoß. »Zieh du.«

»Wieso ich?« Sie nimmt den Deckel ab und lässt ihre Finger durch die zusammengefalteten Zettel gleiten. »Du bist Lilly Wunderbar. Und es ist deine Box. Womöglich wirken die Sprüche bei mir gar nicht.«

»Das ist doch Unsinn!«, gebe ich zurück. Ich rücke dicht an Blümchen heran, hebe meine Hände über die Schachtel und mache eine geheimnisvolle Hokuspokus-Geste. »Solange die Befragung in meiner Anwesenheit erfolgt, kann überhaupt nichts schiefgehen. Schließ die Augen«, fordere ich sie auf, »stell die richtige Frage und du wirst auf jeden Fall die richtige Antwort bekommen.«

»Wenn du meinst ...«

Mit einem tiefen Seufzer legt Blümchen ihren Kopf in den Nacken. Sie schließt die Augen, murmelt unverständlich ihre Frage und greift zu.

»Aber du liest sie vor«, sagt sie und legt den herausgezogenen Zettel auf meinen Oberschenkel.

»Okay.«

Ich verstehe wirklich sehr gut, dass sie es nicht selber machen will. Obwohl ich die Wundersprüchebox erfunden habe und sie mich bisher noch kein einziges Mal im Stich gelassen hat, habe auch ich immer Herzklopfen, wenn ich sie befrage. Je öfter ich es mache, desto fester glaube ich jedoch daran, dass es funktioniert, und umso magischer wird es.

Langsam falte ich den Zettel auseinander.

Lieber Lebkuchen als einen toten Keks. – Uff!

»Und?« Blümchen lugt über meine Schulter.

»Tja«, sage ich und reiche ihr achselzuckend den Zettel.

Sie nimmt ihn und starrt eine Weile schweigend darauf.

»Und das soll die richtige Antwort sein?«

»Todsicher.«

Meine Freundin schüttelt energisch den Kopf. »Never!«

»Wie lautete denn deine Frage?«

»Ganz einfach«, erwidert sie. »Was muss ich tun, damit mein Leben endlich wieder spannender wird!«

»Hm«, mache ich und knete mein Ohrläppchen.

»Und das hier kann's ja wohl kaum sein«, sagt Blümchen genervt, knüllt den Zettel zusammen und schnippt ihn in meinen Papierkorb.

»He, du spinnst wohl!«, rufe ich und bin mit einem Satz vom Bett herunter. »Wenn du den Spruch wegwirfst, kommst du der Lösung deines Problems auch nicht näher.«

»Ich habe kein Problem.« Blümchen verschränkt

die Arme vor der Brust. »Bloß Langeweile. Außerdem wüsste ich allmählich wirklich gern, wo Yassi steckt. Wir warten nun schon über eine Stunde auf…«

In diesem Moment klopft es zaghaft an der Tür.

»Das ist sie!«, jubele ich.

Meine Eltern pflegen sich nämlich weitaus energischer bemerkbar zu machen und Philipp oder Jackie wären gleich ohne anzuklopfen in mein Zimmer gestürzt. Yassi aber ist der höflichste und zurückhaltendste Mensch, den ich kenne.

»Komm rein!«, rufe ich.

»Wenn du kein Junge bist!«, setzt Blümchen hinzu.

Eine Sekunde später steht Yassi auf der Schwelle. Sie trägt bunt geringelte Strümpfe, eine Zottelweste über ihrer Jeansjacke und ein hübsches pinkfarbenes Kopftuch. Ihre Wangen sind gerötet und ihre dunklen Augen leuchten – wie immer, wenn wir uns sehen.

»Tut mir leid, dass ich mich verspätet habe«, entschuldigt sie sich, »aber ich musste noch mal umkehren.«

»Wieso?«, fragt Blümchen. »Hattest du was vergessen?«

»Im Gegenteil.« Yassi schließt die Tür hinter sich, zieht Zottelweste und Jeansjacke aus und hängt beides sorgfältig über die Lehne meines Schreibtischstuhls. »Ich hatte was an den Hacken.«

»Hä?« Irritiert sehe ich sie an. »*Was* hattest du?«

»Die F.A.T.«, sagt Yassi und deutet auf ihre Fersen. »An den Hacken.«

Blümchen und ich verdrehen stöhnend die Augen. »Nee, oder?«, platzt es im Duett aus uns heraus.

»Doch, leider.« Yassi streift ihr Kopftuch ab, sodass ihr die hübschen schwarzbraunen Locken ins Gesicht fallen. »Nachdem nun eine Weile Ruhe war, haben sie es sich offenbar wieder anders überlegt.«

»Du meinst wohl deine Tante Hatice«, sage ich.

Yassi zuckt mit den Schultern. Sie faltet das Kopftuch zusammen und legt es ebenfalls über die Stuhllehne.

»Ja, vielleicht steckt sie tatsächlich dahinter«, erwidert sie. »Ich blick da langsam nicht mehr durch.« Einen Moment lang wirkt sie niedergeschlagen, doch dann blitzt es plötzlich triumphierend in ihren dunklen Augen auf. »Aber ich habe sie geleimt.«

»Oh.« Blümchen neigt sich ihr erwartungsvoll entgegen. »Und wie?«

Sie und ich rutschen ein Stück zur Seite, damit Yassi sich neben uns auf die Bettkante setzen kann.

»Also, dass Fuat, Akin und Tarik mich verfolgen, habe ich blöderweise erst gemerkt, als ich in die U-Bahn eingestiegen bin«, fängt sie an zu erzählen.

Ich stoße einen Schwall Luft aus. »Dann haben die drei Jungs ihre Strategie also geändert«, schnaube ich und tippe mir an die Stirn. »Statt beschützen heißt ihr Motto jetzt wohl Geheimüberwachung.«

»Mhm.« Yassi nickt. »Sieht ganz so aus.«

»Ach, komm schon!«, gibt Blümchen zurück und macht eine wegwerfende Geste. »Die wollten dich doch auch damals nicht einfach bloß beschützen. Sie waren schon immer deine Aufpasser.«

»Stimmt«, bestätige ich. »Aber vor den Sommerferien haben sie gar nicht erst versucht, ein Geheimnis daraus zu machen. Da haben die drei Yassi ganz offensichtlich bewacht.«

Akin ist nämlich Yasemins Cousin, und damals wollten er, Fuat und Tarik um jeden Preis verhindern, dass sie sich privat mit deutschen oder besser gesagt nichtmuslimisch-gläubigen Jungs unterhält. Wahrscheinlich war es ihnen nicht einmal recht, dass Yassi sich mit mir und Blümchen angefreundet hat.

»Dabei dachte ich eigentlich, dass sich an ihrer Einstellung inzwischen etwas geändert hat«, setze ich hinzu und tippe mir an die Schläfe.

Ich jedenfalls hatte den Eindruck, dass zumindest Fuat und Akin unser deutsch-türkisches Sommerbuffet ziemlich cool fanden, ebenso wie Yassis Talent, jede Stimme perfekt nachahmen zu können. Denn davon hatte bis zu den Sommerferien außer Yassis großer Schwester Busra niemand einen blassen Schimmer. Inzwischen weiß natürlich die ganze Schule davon. – Und nicht nur die.

Yassi schüttelt den Kopf. »So etwas passiert nicht von heute auf morgen«, entgegnet sie. »Leider. Akin ist ja nun mal der Sohn von Yenge Hatice, und die kann sich nicht entscheiden, ob sie lieber traditionell oder modern sein will.«

»Also, ich habe keine Lust, mir den Kopf deiner Tante zu zerbrechen«, sagt Blümchen und drückt Yassi ihren Ellenbogen in die Seite. »Erzähl uns lieber mal, wie du die drei Jungs abgehängt hast.«

»Ganz einfach«, erwidert Yassi und der Glanz kehrt in ihre Augen zurück. »Als ich Akin, Fuat und Tarik bemerkte, bin ich sofort wieder aus der U-Bahn ausgestiegen und zum Imbiss zurückgelaufen. Ich habe sie feixen gehört und gesehen, wie sie sich gegenseitig High Five gegeben haben.«

»Und dann?«, frage ich.

»Eine halbe Stunde lang habe ich so getan, als ob ich aushelfen würde«, berichtet Yassi. »Dann ist Busra gekommen, und ich habe sie gebeten, mich mit dem Auto hierherzufahren.«

Blümchen schiebt die Unterlippe vor und blickt finster vor sich hin. »Das ist nicht in Ordnung«, brummt sie. »Du hättest nicht zurücklaufen sollen. Schließlich kann dir niemand verbieten, Lilly zu besuchen.«

»Doch«, widerspricht Yassi. »Meine Eltern könnten es.«

»Aber sie würden es nicht tun«, hält Blümchen dagegen, woraufhin Yassi nur mit den Schultern zuckt.

»Wäre deine Schwester nicht im Imbiss aufgetaucht, wärst du jetzt wahrscheinlich überhaupt nicht hier«, sagt Blümchen. »Hab ich recht?«

Yassi schluckt. Sie senkt den Blick und starrt auf ihre Hände.

»Ich finde, das darf gar nicht erst einreißen«, meint Blümchen und sieht mich fragend an. »Sag du doch auch mal was, Lilly Wunderbar! Wir müssen mit Akin reden.«

»Auf gar keinen Fall.« Yassi schüttelt entschieden den Kopf. »Das würde die Sache nur noch schlimmer machen.«

»Hmm.« Ich nicke. »Das befürchte ich allerdings auch.«

»Aber sie kann sich das doch nicht alles gefallen lassen«, protestiert Blümchen und springt vom Bett auf. »Irgendetwas müssen wir tun!«

Ja, der Meinung bin ich auch. Bloß was?

Ich gebe einen ratlosen Seufzer von mir und schlinge meinen Arm um Yassis Schultern.

»Warum ignorierst du sie nicht einfach?«, schlage ich vor. »Ich meine: Soll'n sie dich doch beschatten! Dir tut das nicht weh ... und wenn die nichts Besseres zu tun haben, können sie einem doch eigentlich nur leidtun.«

»Du verstehst das eben nicht«, sagt Yassi. Sie schiebt meinen Arm zur Seite und greift nach ihrem Kopftuch. »Ich glaube, ich fahre jetzt besser wieder nach Hause.«

Von toten Keksen und Sahnetorten

Nachdem Yassi meine Zimmertür hinter sich zugezogen hat, ist die Stimmung endgültig dahin. Natürlich haben Blümchen und ich versucht, sie zum Bleiben zu bewegen, aber leider war da nichts zu machen.

»Mann, die kann aber auch stur sein!«, schimpft Blümchen und plumpst mit übelster Miesepeter-Miene aufs Bett zurück.

»Ja«, sage ich. »So wie du.«

Blümchen kneift die Augen zusammen. »Und du«, knurrt sie.

Wo sie recht hat, hat sie leider recht. Allerdings bin ich gerade nicht in der Laune zuzugeben, dass wir diese zuweilen recht hinderliche Eigenschaft miteinander teilen. Also verschränke ich ebenfalls die Arme und stiere schweigend meinen Kleiderschrank an.

»Na toll«, schnauft Blümchen. »Dann kann ich ja wohl ebenfalls gehen. Oder wie?« Erwartungsvoll hält sie ihren Blick auf mich gerichtet.

Ich weiß genau, was sie jetzt hören will, nämlich, dass sie bitte bleiben soll und wir uns zur Aufheiterung einen lustigen Film angucken könnten. Ein Teil von mir wünscht sich das auch. Aber der andere sagt, dass ich lieber allein wäre und überhaupt nicht aufgeheitert werden möchte.

Es stimmt nämlich, was Yassi gesagt hat: dass wir sie nicht verstehen. Dass *ich* sie nicht verstehe. Und das macht mich traurig und gleichzeitig fuchsteufelswild. Viele ihrer Sorgen und Probleme sind so ganz anders als die von Blümchen und mir. Sie lassen sich mit all dem, was ich bisher erlebt oder von meinen Eltern beigebracht bekommen habe, überhaupt nicht vergleichen.

Würden Luis und Malte beispielsweise auch nur auf die Idee kommen, mich und Blümchen zu beschatten, müssten sie sich gehörig auf was gefasst machen. Die beiden Plagegeister wohnen draußen in Wittenfeld in derselben Siedlung wie Oma Brille und sie gehen uns mit ihren dusseligen Streichen schon seit einer ganzen Weile total auf den Keks. Vor einigen Wochen haben sie mir sogar mein Handy geklaut. Inzwischen habe ich es zurück, seitdem schickt mir Luis allerdings in regelmäßigen Abständen diese leeren SMS. Keine Ahnung, was das soll. Jedes Mal, wenn eine neue Nachricht von ihm eintrudelt, kriege ich Herzklopfen vor Wut.

Gelöscht habe ich sie bisher trotzdem nicht. Mag sein, dass das dumm ist, und ich verstehe durchaus, dass Blümchen sich deswegen aufregt, aber irgendwie hätte ich das Gefühl, als würde ich Beweismaterial vernichten.

Wie auch immer: Blümchen und ich hätten niemals Angst vor irgendwelchen Jungs. Falls es nötig ist, reden wir ganz normal mit ihnen, und wir fallen auch nicht gleich tot um, wenn wir sie versehentlich mal berühren. Welche Hautfarbe sie haben und an welchen Gott sie glauben, spielt dabei überhaupt keine Rolle.

»Ich muss noch Englischvokabeln lernen«, sage ich, als ich merke, dass Blümchen mich noch immer anstarrt.

»Na, das fällt dir aber früh ein«, erwidert sie und schnappt sich ihre Jacke.

Flugs zaubere ich mir einen zerknirschten Ausdruck ins Gesicht. Ich möchte jetzt nämlich auf keinen Fall Streit mit ihr.

»Tut mir leid«, entschuldige ich mich. »Ich glaube, heute ist einfach nicht mein Tag.«

Meine Freundin mustert mich forschend.

»Okay«, meint sie schließlich. »Kann ja mal vorkommen.« Sie schlüpft in ihre Jacke, zieht den Reißverschluss hoch und drückt mir einen Kuss auf die Wange. »Und was Yassi betrifft ... da fällt uns schon was ein. Aber komm bloß nicht auf die Idee, deswegen deine komische Wundersprüchebox um Rat zu fragen.«

Verrückterweise bleibt ausgerechnet Blümchens letzter Satz in meinem Kopf kleben wie ein Stück zusammengeknüllter Tesafilmstreifen, der einem zwischen den Fingern und an den Klamotten pappt und sich einfach nicht in den Mülleimer entsorgen lassen will. Er sorgt dafür, dass ich doppelt so lange zum Vokabelnpauken brauche als üblich, er begleitet mich zum Abendbrot und später ins Badezimmer und spukt auch noch in meinem Kopf herum, als ich im Bett liege und in meinem aktuellen Buch zu lesen versuche.

»Wieso eigentlich nicht?«, murmele ich.

Okay, der Spruch, den Blümchen gezogen hat, war nicht gerade ultragenial. Ehrlich gesagt, weiß auch ich nicht viel damit anzufangen. Lieber Lebkuchen als einen toten Keks – ts! Ich kann mich überhaupt nicht erinnern, wo und wann ich diesen hirnverbrannten Spruch aufgeschnappt habe.

»Es gibt keine toten Kekse«, erkläre ich Becca, der Heldin in meinem Kriminalschmöker, als die Tür auffliegt und meine sechzehnjährige Schwester Jackie ins Zimmer stürzt.

»Sag mal, bist du taub, oder was?«, pflaumt sie mich an. »Ich klopfe mir die Finger wund und ...«

»Seit wann das denn?«, entgegne ich. »Und taub bin ich schon mal gar nicht.«

»Okay, dann eben stur«, brummt Jackie, drückt die Tür zu und pflanzt sich neben mich auf die Bettkante, als wäre es das Selbstverständlichste von der Welt.

Die Wahrheit ist: Jackie hat mein Zimmer seit ungefähr einem Jahr nicht mehr betreten. Eigentlich könnte ich mich also freuen, dass sie auf einmal wieder Interesse an mir zeigt. Doch etwas tief in mir drin warnt mich, lieber vorsichtig zu sein und mir keine allzu großen Hoffnungen zu machen.

»Ich hab gelesen«, sage ich also und tue so, als müsste ich gähnen.

»Hm«, macht Jackie. Sie nimmt mir das Buch aus der Hand und betrachtet den Umschlag. »Muss ja wahnsinnig spannend sein.«

»Ist es auch«, erwidere ich und mache Anstalten, es mir zurückzuerobern, doch meine Schwester klappt es einfach zu und legt es auf den Nachttisch.

»He!«, maule ich. »Was fällt dir ein!«

»Reg dich ab, das echte Leben ist auf jeden Fall spannender«, behauptet Jackie. »Ich frage mich allerdings, ob du überhaupt schon …«

»Mein Lesezeichen!«, fahre ich dazwischen und wedele ihr mit einem bunten Tonpapierstreifen vor der Nase herum. Noch weniger Lust, nach der richtigen Stelle zu suchen, habe ich darauf, mir eine neuerliche Predigt über meine Unzulänglichkeiten anzuhören. Damit hat meine Schwester mich in letzter Zeit nämlich geradezu zugepflastert.

»Seite hundertzwölf«, sagt Jackie achselzuckend.

Dann springt sie plötzlich auf.

»Was ist denn jetzt schon wieder los?«, rufe ich.

»Nix.« Sie verdreht seufzend die Augen. »Ich glaube, ich wende mich damit besser an Philipp.«

»Tu das«, entgegne ich und gebe mir übermenschlich große Mühe, gleichgültig zu wirken.

Ehrlich gesagt, ich bin schon jetzt halb tot vor Neugier – und vor Wut darüber, dass meine große Schwester unserem kleinen Bruder mehr zutraut als mir.

»Hast du 'ne Ahnung, was mit einem toten Keks gemeint sein könnte?«

Es ist eine idiotische Frage, vor allem, wenn man einem Mädchen wie Jackie damit kommt, aber ich will nicht, dass sie schon wieder geht. Außerdem hoffe ich, dass sie es sich noch einmal anders überlegt, wenn ich ihr das Gefühl gebe, ihren Rat ebenso zu brauchen wie sie meinen.

»Wie bitte?« Meine Schwester dreht sich abrupt zu mir um. »Ein was?«

»Ein toter Keks.«

Jackies Blick verfinstert sich. »Willst du mich verarschen?«

»Nee«, sage ich. »Ich meine es absolut ernst.«

»Ts.« Jackie schüttelt den Kopf. Die kleine Senkrechtfalte zwischen ihren Augenbrauen verrät mir jedoch, dass sie ernsthaft darüber nachdenkt. »Vielleicht einer, den Oma Brille vor hundert Jahren zu Weihnachten gebacken hat.«

»Oma Brille ist erst dreiundsechzig«, gebe ich zu bedenken.

»Na gut, dann eben ihre Großmutter«, erwidert Jackie. »Auf jeden Fall muss es ein Keks sein, der schon zerbröselt, wenn man ihn nur anguckt.«

»Und wenn es gar kein Keks ist ...?«

»Hä, wieso?« Jackie stutzt, aber dann hellt sich ihre Miene plötzlich auf. »Ach, du sprichst nicht vom Gebäck, sondern ... ähm, du meinst es eher im übertragenen Sinne.«

»Hmm.« Ich nicke. Kein schlechter Ansatz. Hätte glatt von mir sein können.

»Tja, also, ein toter Keks wäre demnach etwas, das gerade überhaupt nicht ... oder nicht mehr ... angesagt ist«, überlegt meine Schwester laut, während sie sich langsam wieder auf mein Bett zubewegt. »Zum Beispiel Schlaghosen ... oder die Beatles ...«

»Ich glaube, die sind immer angesagt«, wende ich vorsichtig ein.

Jackie macht eine wegwerfende Geste. »Wie wär's mit fiesen Lehrern ... oder Jungs, die kein Mädchen abbekommen«, schlägt sie vor.

Ich verkneife mir ein Grinsen. Offenbar habe ich mit meiner idiotischen Frage nach dem toten Keks bei meiner Schwester über Umwege nun doch ins Schwarze getroffen.

»Ein Lebkuchen wäre dann also ein mittelbeliebter Junge, und einer, den alle wollen, so etwas wie eine doppelstöckige Sahnetorte«, greife ich ihre Theorie auf.

»Ein Lebkuchen?« Jackie sieht mich an, als hätte ich die Mathematik neu erfunden. »Eine Sahnetorte ... Verdammt!« Sie fasst sich an die Stirn. »Heißt das etwa, dass du ...?« Sie sinkt auf meine Bettkante und stößt ein ungläubiges Kichern aus. »Dass du schon mal was mit einem Jungen hattest?«

Das nicht, wäre es mir beinah herausgerutscht. Im letzten Moment beiße ich mir auf die Zunge und sage dann hastig: »Zumindest kenne ich den Unterschied zwischen einem Lebkuchen und einer Sahnetorte.« Was jede Menge Freiraum für Deutungsmöglichkeiten aller Art zulässt. Und Jackie beißt sofort an.

»Lilly!«, ruft sie empört. »Für so etwas bist du doch noch viel zu jung!«

Ich zucke mit den Schultern. »Passiert ist passiert. Und um ganz sicher zu sein, habe ich sogar mehr als nur einmal davon probiert«, füge ich mit Unschuldsmiene hinzu.

»Wie bitte?«, stößt Jackie aus. »Vom Lebkuchen oder von der Sahnetorte?«

»Von beidem natürlich«, behaupte ich. »Sonst hätte ich sie ja schlecht miteinander vergleichen können.«

Jetzt kommt nur noch Luft aus dem Mund meiner Schwester. Offensichtlich fehlen ihr die Worte, und so recke ich im Stillen triumphierend meinen Daumen in die Höhe. Eins zu null für mich. Jemandem einen Bären aufzubinden, ohne ihn dabei direkt anzulügen, muss mir erst mal einer nachmachen.

»Okay«, sagt Jackie, nachdem sie mich eine Weile nur angeglotzt hat. »Dann haben wir jetzt also beide unser süßes Geheimnis.«

Aha?

Wieder kostet es mich eine Riesenanstrengung, meine Neugier im Zaum zu halten.

»Wieso?«, frage ich und nehme in gespielter Teilnahmslosigkeit mein Buch vom Nachttisch, schlage es auf und blättere bis Seite einhundertundzwölf.

»Na ja ...«, sagt Jackie. Und schweigt.

Während ich so tue, als würde ich lesen, mustere ich sie verstohlen aus dem Augenwinkel.

Ihre schwarze Phase hat Jackie kurz vor Ende der Sommerferien abgelegt. Schwarz bedeutete in dem Fall: schwarze Haare, schwarze Klamotten, schwarze Gedanken. In dieser Zeit gab es rein gar nichts, womit man meine Schwester aufheitern konnte. Das Einzige, womit man sie vielleicht ein bisschen hätte glücklich machen können, wäre schwarz eingefärbtes Essen gewesen. Tatsächlich hat Papa einmal extra Tintenfischnudeln mit schwarzen Oliven gekocht. Nur um Jackie zu foppen. Ich fand das total witzig, aber Philipp hat ein Höllentheater gemacht. Oliven mochte er noch nie. Für ihn schmecken sie nach vergammelten Essiggurken. Und die Tintenfischnudeln fand er richtig gruselig, besonders als Papa ihm weismachen wollte, dass die Tintenfische dafür auf der Zitronenpresse ausgedrückt werden müssten.

Philipp hat sich den Hals gehalten und »Äääh!« und »Öööh!« und »Würg!« geschrien, ich habe mich krumm- und schiefgelacht und Jackie hat angefangen zu heulen. Wie Papa sich bloß so etwas Schreckliches ausdenken könne! Und dass er Philipp total verderben würde und wir uns nicht wundern müssten, dass unser Planet dem Untergang geweiht wäre.

Der Schuss war also nach hinten losgegangen.

Besser wurde es mit Jackie erst nach dem Linkin-Park-Konzert, zu dem Mama und sie in den Ferien gefahren sind. Allerdings weiß ich bis heute nicht, ob sie es cool fand. Sicher ist nur: Chester Bennington, der Sänger der Gruppe und für Jackie damals so etwas wie eine zehnstöckige rosafarbene Vollfettsahnetorte mit pinkfarbenen Zuckerherzen, hat ihr keinen Heiratsantrag gemacht. Sie hatte nicht mal eine Unterschrift von ihm auf dem Arm. Vielleicht gibt er aber auch gar keine Autogramme. Jedenfalls hat meine Schwester inzwischen sämtliche Linkin-Park-Poster von ihren Zimmerwänden entfernt und das ist mir sehr recht. Dieser Chester Bennington war nun wirklich nichts für sie. Viel zu alt und viel zu hässlich.

Zurzeit sind Jackies Haare schokobraun mit blonden Strähnen und sie trägt eher normale Klamotten, die allerdings noch immer ausschließlich in Größe minus XXXS.

»Hörst du mir überhaupt zu?«, fragt sie harsch.

»Klar. Hast du denn was gesagt?«

»Das versuche ich ja die ganze Zeit«, stöhnt sie. »Aber ...«

»Du weißt nicht, wo du anfangen sollst?«, helfe ich ihr auf die Sprünge.

»Ja, verdammt, es geht nämlich um Jonas!«

Oh! »Etwa um *den* Jonas?«

Meine Schwester nickt. »Er ist nicht mehr mit seiner Tusse zusammen.«

»Oh!«

Das sind allerdings Neuigkeiten! Fantastische Neuigkeiten, um genau zu sein.

Jackie war ewig lange in ihn verliebt, doch leider hat er ihre Gefühle nicht erwidert. Als er sich irgendwann mit einem anderen Mädchen anfreundete, ist eine Welt zusammengebrochen. Für meine Schwester und für mich. Denn seit diesem Tag hat Jackie aufgehört, mit mir zu reden. Sie tat so, als wäre ich dafür verantwortlich, dass Jonas plötzlich ein anderes Mädchen besser fand!

»Er hat wieder freie Auswahl«, sagt sie nun.

»Wie?«, frage ich.

»Guck nicht so, als ob dir nur eine Gehirnzelle zur Verfügung stünde«, brummt sie. »Dann können wir es nämlich gleich lassen.«

Alles klar. Wahrscheinlich habe ich gerade echt nicht besonders intelligent ausgesehen, also bemühe ich mich hastig um einen etwas verständigeren Gesichtsausdruck. Und der tut offenbar seine Wirkung, denn meine Schwester macht keinerlei Anstalten, sich von der Bettkante zu erheben. Im Gegenteil. Sie bedeutet mir, ein Stück zur Seite zu rücken, hebt die Decke an und legt sich neben mich. Ich werde ganz steif vor Freude und mein Herz hüpft wie bekloppt. Vorsichtshalber kralle ich mich an meinem Buch fest, damit ich bloß keine falsche Bewegung mache und die Magie dieses Augenblicks zerstöre.

»Aktuell sind drei Tussen hinter ihm her«, erklärt Jackie mir.

»Aha … Und jetzt kann er sich wohl nicht entscheiden«, schlussfolgere ich.

»Er könnte bestimmt, aber er will nicht.«

»Oh. U-und wer sind diese drei ähm … Tussen?«

»Evy, Zara und Nikoletta.«

Die Frage, ob ich die kennen muss, spare ich mir und sage stattdessen noch einmal »Aha.«

»Von Niko hätte ich das natürlich am allerwenigsten gedacht«, knurrt Jackie.

»Hm«, mache ich, um Zeit zu gewinnen, denn leider blicke ich mittlerweile absolut nicht mehr durch. »Heißt das, Jonas macht mit allen rum?«

»Klar heißt es das!«

»Und Niko …?«

»Ist meine beste Freundin.«

»Ach, und ich dachte, Franzi …«

»Hör mir bloß auf mit Franziska!«, fährt Jackie dazwischen. »Die hat nämlich von Tuten und Blasen absolut keine Ahnung. Der könnte man einen Typen auf den Bauch binden, und sie würde ihn fragen, ob er Lust hätte, 'ne Runde Monopoly mit ihr zu spielen.«

Es ist mir absolut schleierhaft, was daran so verkehrt sein soll, doch ich schenke mir auch dazu jeden Kommentar.

»Nikoletta ist nicht deine beste Freundin«, sage ich stattdessen. »Nicht, wenn sie ebenfalls mit Jonas rummacht.«

»Genau das weiß ich eben nicht sicher«, knurrt Jackie.

»Dann solltest du es vielleicht herausfinden«, schlage ich vor.

»Schlaues Schwesterchen«, lobt Jackie mich und verpasst mir einen Kuss auf die Schläfe. »Das Problem ist nur: Ich kann sie unmöglich selber beschatten.«

»Und warum nicht?«

»Weil sie es merken könnte und damit wäre unsere Freundschaft im Arsch.«

»Das wäre sie doch sowieso«, erwidere ich. »Ich meine, im Grunde ist sie es ja schon. Wenn du Nikoletta nicht vertraust ...«

»Davon verstehst du nichts«, gibt meine Schwester unwillig zurück.

Ne, klar. Ich hab ja selber keine beste Freundin, denke ich und werfe ihr einen genervten Blick zu. Dass es momentan sowohl mit Yassi als auch mit Blümchen nicht ganz rundläuft, geht Jackie natürlich überhaupt nichts an.

»Im Übrigen ist das auch gar nicht der Punkt«, setzt sie nun hinzu.

»Sondern?«, frage ich verwundert.

Meine Schwester klopft sich mit dem Handballen gegen die Stirn.

»Denk doch bitte mal nach!«

Ich schüttele den Kopf. Was glaubt sie eigentlich, was ich die ganze Zeit über tue! Ihretwegen bekomme ich noch Grübelfalten und graue Haare. Aber meinetwegen soll sie doch überall herumerzählen, dass ihre kleine Schwester nur eine einzige armselige Gehirnzelle unter der Schädeldecke hat – ich bin mit meinem Latein am Ende. Und so toll es auch ist, dass Jackie sich nun schon seit über einer halben Stunde in meinem Zimmer aufhält und zumindest so tut, als ob ich ihr eine ebenbürtige Gesprächspartnerin wäre, ich habe einfach keine Lust mehr auf Rätselraten. Außerdem bin ich müde.

Und deshalb sage ich vorläufig gar nichts, sondern gähne herzhaft vor mich hin.

»Ach, Herrgott noch mal!«, ruft Jackie, nachdem sie mich eine Weile mit funkelnden Augen angestarrt hat. Sie wirft die Decke zurück, springt aus dem Bett und fuchtelt theatralisch mit den Armen herum. »*Was* habe ich denn gesagt?«, blafft sie dann.

»Wann?«, frage ich und unterdrücke lieber ein weiteres Gähnen.

»Na, eben, als das Thema auf Niko kam«, versucht sie mir auf die Sprünge zu helfen. »Auf Niko ... *und Jonas.*«

Jackies Augen funkeln wie glühende Kohlen. Fehlt nur noch, dass sie flirrende bunte Spiralen bilden, so wie bei der Schlange Kaa aus dem *Dschungelbuch*, als sie Mowgli hypnotisieren wollte.

»Hm«, mache ich, sehe hastig weg und kratze mich im Nacken.

Niko und Jonas ...

»Du hast gesagt, dass du nicht weißt, ob sie mit ihm rummacht«, platzt es unvermittelt aus mir heraus.

»Bingo!« Jackie strahlt nun wie ein Honigkuchenpferd. »Und das heißt im Umkehrschluss?« Sie fixiert mich mit erwartungsvoll nach oben gezogenen Augenbrauen.

»Ähm«, überlege ich, »... dass du nicht weißt, ob *er* mit *ihr* rummacht?«

»Yes!« Jetzt leuchtet meine Schwester so hell, als wäre sie ein Bodenfeuerwerk. Wenn das so weitergeht, wird sie noch mein Zimmer in Brand stecken.

»Na ja, es bedeutet doch eigentlich das Gleiche«, stelle ich nüchtern fest – womit ich offenbar komplett danebenliege. Denn Jackie hört schlagartig auf zu strahlen. Ihre Augen verlieren jeden Glanz und sie sinkt stöhnend vor meinem Bett auf den Fußboden.

»Eben nicht«, erklärt sie mir. »Wenn Niko sich nicht auf Jonas einlässt, weiß ich lediglich, dass ich mich auf sie verlassen kann.«

»Na, ist doch wunderbar!«, rufe ich. »Wenn du willst, finde ich das für dich raus.« – Uuups! Wenn mir dieses Angebot mal nicht ein bisschen zu schnell über die Lippen gerutscht ist!

Okay, vor ein paar Wochen noch hätte ich liebend gern für Jackie Schicksal gespielt, inzwischen bin ich jedoch mit mir darin übereingekommen, dass ich ihr komisches Ich-Ding nicht länger unterstützen will. Jackie neigt nämlich dazu, sich und ihre Angelegenheiten immer und überall in den Mittelpunkt zu stellen. Und natürlich ist sie auch jetzt hellauf begeistert.

»Das würdest du wirklich für mich tun?«, quietscht sie.

»Klar«, sage ich schulterzuckend. »Du bist doch meine Schwester.«

Bloß nicht zu viel Enthusiasmus zeigen. Es wäre wirklich schön, wenn Jackie kapiert, dass ich etwas Ähnliches auch von ihr erwarten könnte. Im Umkehrschluss sozusagen.

»Oh, du bist ein Schatz!«, jubiliert sie, springt wie ein Flummi auf mein Bett zurück und übersät mein Gesicht mit unzähligen feuchten weichen Schmatzern.

»Uäääh«, mache ich, obwohl ich die Küsserei prinzipiell sogar eher genieße, und drücke sie energisch von mir weg. »Versprechen kann ich dir aber nichts.«

»Ach, du kriegst das schon hin«, gibt meine Schwester voller Zuversicht zurück, während sie das Bett wieder verlässt und auf die Tür zuhüpft. »Ich schicke dir gleich ein Foto von Nikoletta aufs Handy, damit du weißt, wie sie aussieht.«

Wie vom Erdboden verschluckt

»Ich hatte die Vokabeln in einer Viertelstunde intus«, verkündet Blümchen, als wir uns am nächsten Morgen in der U-Bahn gegenübersitzen.

Eigentlich ist heute ideales Fahrrad-Wetter: heiter, nahezu windstill und fast fünfzehn Grad mild. Trotzdem haben Blümchen und ich uns beide unabhängig voneinander auf den Weg zur Untergrundstation gemacht, in der Hoffnung, dass Yassi unterwegs zusteigt und wir noch vor Schulbeginn ein paar versöhnliche Worte mit ihr wechseln können.

»Glaubst du, sie ist sauer?«, frage ich.

»Wer?«, entgegnet Blümchen und schneidet eine Grimasse. »*Mrs* Mellow?«

Irritiert runzele ich die Stirn. »Hat Mr Mellow etwa eine Geschlechtsumwandlung vornehmen lassen?«

»Bestimmt nicht«, kichert Blümchen. »Für den ist es doch überlebenswichtig, dass die Dinge bleiben, wie sie sind, und immer alles nach Plan läuft.«

»Stimmt«, erwidere ich. »Eigentlich habe ich ja auch von Yassi gesprochen.«

»Und ich von den Englisch-Vokabeln.«

»Ja«, sage ich und nicke. »Die konnte man sich diesmal wirklich schnell einprägen.«

Dass ich in Wahrheit ziemliche Schwierigkeiten damit hatte, binde ich ihr lieber nicht auf die Nase. So etwas macht Blümchen nämlich nur nervös. Womöglich denkt sie, dass sie nicht gut genug geübt oder sogar die falschen Vokabeln gelernt hat.

»Finde ich auch.« Meine Freundin grunzt zufrieden. »Ich glaube übrigens nicht, dass Yassi sauer auf uns ist. Sie ist einfach nicht der Typ, der einem lange was nachträgt.«

Da hat sie absolut recht. Im Verzeihen ist Yassi sogar ganz groß. Davon kann insbesondere Blümchen ein Lied singen. Das dumme Gefühl, Yasemin nicht wirklich zu verstehen und auch von ihr nicht richtig verstanden zu werden, nagt trotzdem an mir. Und deshalb habe ich ziemliches Herzklopfen, als die Bahn am Marienplatz einläuft und ich Yassi nicht unter den Wartenden erblicke.

»Hoffentlich ist sie nicht krank«, murmele ich, während ich meine Stirn gegen das Fenster drücke und mir den Hals in alle Richtungen verrenke.

»Ach, Quatsch«, meint Blümchen. »Garantiert steigt sie irgendwo am vorderen Ende ein und taucht jeden Augenblick hier bei uns auf.«

Sie rutscht bis an die Außenkante des Zweiersitzes, späht den Gang hinauf und hinunter und schüttelt dann den Kopf. »Keine Chance. Die Bahn ist proppenvoll.«

Den Rest der Fahrt verbringen wir schweigend. Ich verspüre nicht einmal den Drang, Blümchen von Jackies Auftrag zu erzählen.

Mit jedem Meter, den der Untergrundzug zurücklegt, werde ich unruhiger. Zwei Haltestellen vor der Südstation halte ich es schließlich nicht mehr aus. Ich schnelle hoch und zwänge mich zwischen den Leuten durch, um einen der vorderen Ausgänge zu erreichen.

»He, was soll denn das?«, keift Blümchen mir hinterher. »Jetzt warte doch mal!«

»Reg dich ab«, rufe ich zurück. »Selbst, wenn ich wollte, könnte ich dir in diesem Gewühl wohl kaum davonrennen.«

»Eine Ankündigung wäre trotzdem nett gewesen«, meckert Blümchen und beeilt sich, zu mir aufzuschließen.

Die Leute machen uns nur widerwillig Platz. Manche von ihnen erwecken den Eindruck, als würden sie im Stehen schlafen, andere gucken demonstrativ in eine andere Richtung und tun so, als ob sie uns nicht bemerkten. Einem blassen jungen Typen im grauen Trenchcoat, der sich mitten in den Gang gestellt hat und sich rechts und links an den Sitzen festhält, muss ich absichtlich auf die schwarz gelackte Schuhspitze treten, weil er mich partout nicht vorbeilassen will. Er bedenkt mich mit einem finsteren Blick, aber wenigstens weicht er jetzt sofort zur Seite. Ich entschuldige mich höflich und husche hastig weiter.

Nach ein paar Metern ist dann allerdings endgültig Schluss.

Eine dicke Frau, die mehr Hut als Haare auf dem Kopf hat, sieht mir entschlossen entgegen. Auf dem Arm trägt sie einen kleinen schwarzbraunen Pinscher, der genauso giftig guckt wie sie. Mit dem will ich mich unter gar keinen Umständen anlegen.

Ich lächele die Frau kurz an, greife nach einer Haltestange und sehe mich noch einmal nach Yassi um.

»Sie ist nicht hier«, vermeldet Blümchen. »Vielleicht ist sie ja doch krank. Oder sie hat verschlafen.«

Unterdessen kündigt eine weibliche Tonbandstimme die Südstation an.

»Übrigens«, sagt Blümchen, »ich habe nachgedacht.«

Aha. »Und worüber?«

»Über diesen komischen Spruch mit dem toten Keks.«

»Und?«, frage ich.

»Eigentlich ist der gar nicht sooo bescheuert.«

Klar, denke ich bei mir. Ist ja auch ein Wundersprüche-boxspruch.

»Und?«, frage ich noch einmal.

»Na jaaa«, druckst Blümchen.

Sie guckt mich an, als erwartete sie, dass ich ihr die Gedanken von der Stirn ablese, doch nach dem gestrigen Quizabend mit Jackie ist mir heute überhaupt nicht nach Rätselraten.

»Ich hab mir was überlegt«, sagt Blümchen.

Die Bahn bremst ab und am Ende des Tunnels flackert das Licht der Südstation auf. Unschlüssig fixiere ich den Pinscher.

»Steigen Sie auch hier aus?«, frage ich.

Der Pinscher starrt mich an. Ich habe das Gefühl, dass er mir am liebsten an die Gurgel springen würde.

»Natürlich«, schnappt sein Frauchen. »Oder glaubst du etwa, ich lasse mein kleines Schätzchen allein loslaufen?«

Blümchen verdreht die Augen.

»Entschuldigung«, sage ich. »Ich konnte ja nicht ahnen, dass Ihr Schätzchen hier rausmöchte.«

»Umsteigen«, betont die Frau. Sie ist kaum größer als ich, und die gewaltige Krempe ihres Hutes überschattet das Gesicht, sodass ich ihre Augen nicht richtig erkennen kann. »Wir müssen hier umsteigen.«

Blümchen drückt mir ihren Ellenbogen zwischen die Rippen. »Ist ja sehr interessant«, kichert sie.

Die Bahn hält und die Türen öffnen sich. Der Hut und der Pinscher wenden sich ab und setzen sich in Bewegung. Ich folge ihnen mit ein wenig Sicherheitsabstand.

»Gut, dass man mit solchen Leuten nix zu tun haben muss«, brummt Blümchen, als wir ausgestiegen sind und auf die Rolltreppe zusteuern. »Stell dir nur mal vor, deine Oma Brille wäre so wie die.«

»Warte«, sage ich, bleibe stehen und halte meine Freundin am Ärmel fest.

Ich drehe mich um und lasse meinen Blick über die Leute auf dem Bahnsteig gleiten. Aber nix. Keine Spur von Yassi.

»Und jetzt raus mit der Sprache!«, fordere ich sie auf. »Was hast du dir überlegt?«

Blümchen kraust die Stirn. »Ach so«, sagt sie dann. »Na ja, dass ich es einfach mal mit dem Internet versuche.«

»Kapier ich nicht«, gebe ich irritiert zurück.

Ich wende mich wieder der Treppe zu und ziehe Blümchen hinter mir her. Dabei versuche ich mich an den genauen Wortlaut ihrer Wundersprüchebox-Frage zu erinnern.

Was muss ich tun, damit alles interessanter ... nein ... *damit mein Leben spannender wird* ... Oder?

»Was hat denn das Internet mit toten Keksen zu tun?«, frage ich, während wir nebeneinander auf der Rolltreppe nach oben gleiten.

»Na ja ...«

Blümchen hebt beinahe entschuldigend die Schultern. »Die toten Kekse sind unser Leben ... und das Internet der Lebkuchen.«

»Pfff!«, mache ich.

Mehr fällt mir dazu beim besten Willen nicht ein, und ich beginne bereits, es zu bereuen, dass ich auf Blümchens Vorschlag, die Wundersprüchebox zurate zu ziehen, überhaupt eingegangen bin.

»Das gilt auch für dich«, betont sie.

»Falsch«, sage ich. »Du hast die Frage nur für dich allein gestellt.«

Komisch eigentlich, dass mir das jetzt erst klar wird. Dabei ist es gestern doch zunächst tatsächlich um uns gegangen. Und um Yassi. Eben um alles, was uns drei betrifft. Aber offensichtlich sind Yassi und ich in Blümchens Augen auch bloß tote Kekse.

»Das war nicht so gemeint«, rechtfertigt Blümchen sich.

»Dein Problem«, erwidere ich knapp.

Der Gedanke, dass meine allerbeste Freundin mich plötzlich langweilig finden könnte, hat mir einen fiesen Stich ins Herz gejagt.

Ich wende mich ab und presse die Lippen aufeinander.

Blümchen zerrt an meiner Jacke. »Bist du jetzt sauer, oder was?«

»Nee, überhaupt nicht.«

»Ich hab doch gleich gesagt, dass deine dusselige Sprüchebox nichts tau...« Sie bricht ab.

»Sprich dich ruhig aus«, knurre ich.

Inzwischen ist die Rolltreppe oben angekommen und ich betrete die terracottafarbenen Fliesen der kleinen Einkaufspassage.

Im Eingangsbereich der Südstation gibt es einen Bäcker, einen Zeitschriftenladen und ein kleines Blumengeschäft. Außerdem kann man hier Koffer und Taschen und andere Accessoires erwerben.

Ich gehe zügig an den Läden vorbei in Richtung Ausgang und merke viel zu spät, dass Blümchen nicht Schritt hält. Allerdings bin ich so wütend und verletzt, dass ich mich gar nicht darum kümmere und einfach weiterlaufe. Erst an der nächsten Querstraße stoppe ich und sehe verstohlen über meine Schulter. Als ich meine Freundin nicht entdecke, drehe ich mich um.

Kein Blümchen!

»Verdammt!«, fluche ich und renne zum U-Bahnhof zurück.

Aber auch hier finde ich sie nicht. Weder in der Passage noch beim Bäcker oder auf einem der beiden Bahnsteige.

Blümchen ist wie vom Erdboden verschluckt!

Der Schreck kriecht mir in die Glieder und mit einem Schlag ist mir eiskalt. Ich renne von einem Geschäft ins nächste und sehe zu guter Letzt auch noch auf dem Klo nach. Doch es ist, als wäre Blümchen mir heute Morgen nur im Traum erschienen.

Unmöglich, sagt mein Kopf. Jemand hat sie entführt, hämmert mein Herz. Vielleicht hat sie sich auch einfach in einem der Hauseingänge oder hinter einem Baum versteckt, versucht meine innere Stimme mich zu beruhigen. Bestimmt wollte sie, dass ich Angst kriege und ganz schnell vergesse, dass ich sauer auf sie bin.

»Du kannst mich mal kreuzweise«, brumme ich und stapfe aus dem Bahnhof.

Für solche Scherze habe ich echt nichts übrig. Im Grunde weiß Blümchen das nur zu gut, was mich noch umso mehr verärgert. Zu allem Überfluss werde ich nun auch noch zu spät zum Unterricht kommen und mindestens die Hälfte des Vokabeltests verpassen. Ausgerechnet! Seit Beginn des neuen Schuljahrs gilt ein neuer Stundenplan und deshalb haben wir jetzt montags in den ersten beiden Stunden Englisch bei Mr Mellow.

Durchgeplant, wie der ist, beginnt er die Woche stets mit einem Test. Grammatik oder Vokabeln. Vorzugsweise im Wechsel. Mr Mellow ist immer pünktlich und jeder Test dauert exakt zehn Minuten. Wer ihn verpasst und keine schriftliche Entschuldigung vorlegt, wird mit einer Sechs bestraft. Da ich bisher nur Einsen geschrieben habe, würde eine schlechte Note bei mir kaum ins Gewicht fallen, aber darum geht es schließlich nicht.

Ich ziehe meinen Rucksack straff und balle die Fäuste. Na warte! Blümchen kann sich auf was gefasst machen!

Ich bin dermaßen auf hundertachtzig, dass ich glatt das Anklopfen vergesse und stattdessen die Tür zu unserem Klassenzimmer energisch aufreiße.

Fünfunddreißig Augenpaare starren mich an. Zweiunddreißig gehören meinen Klassenkameraden, eins Mr Mellow, ein weiteres unserer Direktorin, Frau Traube-Bömmelein, und ein drittes einem Herrn in dunklem Anzug, der in etwa so symphatisch wie ein Haufen Pferdeäpfel auf mich wirkt.

»Guten Morgen, Lilly«, begrüßt mich Frau Traube-Bömmelein. »Du kommst gerade noch rechtzeitig.«

»Auf die Sekunde genau sechs Minuten zu spät«, korrigiert Mr Mellow, nachdem er einen Blick auf seine Armbanduhr geworfen hat.

»Darüber sehen wir heute mal hinweg«, gibt unsere Schulleiterin zurück. »Davon abgesehen hat Lilly sicher ihre Gründe.«

»Ähm ... ja, Entschuldigung«, murmele ich, schließe die Tür hinter mir und husche auf meinen Platz.

Zu meiner großen Überraschung ist Yassi da, Blümchen aber nicht.

»I-ich habe meine Freundin unterwegs verloren«, stottere ich.

»Wie meinst du das?«, erkundigt sich Frau Traube-Bömmelein und setzt eine besorgte Miene auf.

»Das klären wir in der Pause«, mischt Mr Mellow sich ein.

Die Direktorin wedelt ungeduldig mit der Hand und kommt mit energischen Schritten auf mich zu.

»Reden wir von Kamilla?«, fragt sie.

Ich schlucke. Yassis Blick brennt auf meiner Wange.

»Was ist passiert?«, wispert sie.

Frau Traube-Bömmelein nickt ihr aufmunternd zu. »Du darfst gerne lauter sprechen, Yasemin.« Danach richtet sie sich sofort wieder an mich. »Der kleinen Kamilla ist doch hoffentlich nichts zugestoßen?«

Ich schlucke noch einmal. Mein Hals fühlt sich schrecklich eng an, meine Augen brennen und mein Herz klopft wie verrückt.

»Ich weiß nicht«, krächze ich. »W-wir sind aus der U-Bahn ausgestiegen und d-dann war Blümchen plötzlich weg.«

»Wie ... weg?«, haucht Yassi.

»Blümchen, Mauerblümchen«, feixt Annabelle. »Bestimmt ist sie in eine Ritze gefallen.«

»Wo se hingehört«, grunzt Kristina.

Marie fängt an zu gackern.

»Ihr seid vielleicht blöd!«, quiekt Ole.

Das kann ich nur bestätigen. Kristina, Annabelle und Marie sind Blümchens, Yassis und meine natürlichen Feindinnen. Wir nennen sie *Die Pissnelken*. Das sind sie nämlich und genauso sehen sie auch aus. Heute sogar ganz besonders. Von den Haarspangen bis zu den Sneakers in einheitliches Pipigelb gekleidet. Wäre ich nicht so in Panik wegen Blümchen, hätte ich meine helle Freude an diesem oberbeknackten Drillingsoutfit.

»Kristina und Annabelle!«, mahnt Frau Traube-Bömmelein. »Ihr kommt bitte in der Pause in mein Büro.«

Marie erstarrt. »Und ich?«

»Heißt du Kristina?«, will die Direktorin wissen.

Marie schüttelt den Kopf.

»Annabelle?«

»Nein, aber ...«

»Sie stirbt, wenn sie nicht mit ihren Klebfix-Freundinnen zusammen ist!«, johlt Jannik.

»Wie siamesische Zwillinge«, fügt Lena erklärend hinzu. »Die darf man auch nicht auseinanderschneiden.«

»Ich habe nicht vor, irgendjemanden auseinanderzuschneiden«, entgegnet Frau Traube-Bömmelein. »Aber meinetwegen kannst du Kristina und Annabelle gerne begleiten. Schaden wird es sicher nicht.«

»BD ist übrigens auch nicht da!«, quiekt Ole.

Die Schulleiterin schürzt die Lippen. »Wer soll das sein?«, erkundigt sie sich.

»Björn-Dakota«, antwortet Niklas.

»Dann ist doch alles okay.« Bent reckt triumphierend den Daumen.

Frau Traube-Bömmeleins Blick fliegt zu ihm. »Was soll das heißen?«

Aus der Pissnelken-Ecke ertönt unterdrücktes Gekicher.

»Na, weiß doch jeder, dass BD total scharf auf sie ist«, brummelt Bent und lässt seine Hand langsam wieder sinken.

Lena und Ann-Kathrin prusten nun ebenfalls los.

»Scharf?« Unsere Direktorin schüttelt den Kopf. »Das ist wohl kaum das passende Wort für die zarten Gefühle, die man in eurem Alter füreinander entwickelt.«

»Zarte Gefühle?«, platzt Kristina heraus. »Hahaha, hihi!«

Innerhalb von Sekundenbruchteilen läuft sie knallrot an. In ihrem pipigelben Outfit sieht sie nun aus wie ein brunftiges Huhn. Gackernd wirft sie sich über den Testbogen.

Mr Mellow sprintet sofort an ihren Tisch und zieht den Zettel unter ihrem Oberkörper hervor. »Pass doch auf«, ruft er empört. »Du zerknitterst ihn ja!«

»Hm«, brummt Frau Traube-Bömmelein und fixiert unseren Englischlehrer mit einem zusammengekniffenen Auge. »Sie mögen mir das bitte verzeihen, aber dieses Problem halte ich im Moment für zweitrangig.«

Mr Mellow schnappt nach Luft wie ein Karpfen, den man in eine leere Badewanne gelegt hat. »Ja, und wer hat die Arbeit damit?«, erwidert er halb empört, halb beleidigt. »Wer investiert Zeit und Geld, um eine weitere Kopie anzufertigen?«

»Das wird in diesem Fall nicht nötig sein«, gibt unsere Schulleiterin ungerührt zurück. »Meiner Einschätzung nach kann Kristina durchaus auch auf einem zerknitterten Zettel schreiben. Und dass Sie Fotokopien, die Sie für Ihren Unterricht benötigen, aus eigener Tasche bezahlen, verlangt nun weiß Gott keiner von Ihnen.« Sie schnaubt einmal kurz und richtet sich dann an die ganze Klasse: »Kommen wir also wieder auf unser eigentliches Problem zu sprechen ... Kamilla und Björn-Dakota. Haltet ihr es für völlig ausgeschlossen, dass die beiden ein heimliches Stelldichein der Englischstunde vorziehen?«

»Also, da hört sich ja wohl alles auf!«, fährt Mr Mellow aus der Haut. Mittlerweile ist er ebenso brunfthuhnrot angelaufen wie Kristina. »Wie können Sie meine Schüler nur mit derartigen Einfällen infizieren!«

»Falls es Ihnen noch nicht aufgefallen sein sollte: Ihre Schüler sind auch meine Schüler«, erwidert Frau Traube-Bömmelein. »Alles Weitere können wir gerne später in meinem Büro besprechen. Also …«, wendet sie sich abermals an uns. »Wer hält es für möglich, dass …?«

Mindestens zwanzig Arme schnellen in die Höhe, noch bevor die Direktorin ihre Frage vollständig wiederholt hat.

Das Gekicher in der Pissnelken-Ecke wird lauter.

»Gut«, sagt Frau Traube-Bömmelein. »Dann schlage ich vor, dass wir die große Pause abwarten. Sollten weder Kamilla noch Björn-Dakota zur dritten Unterrichtsstunde erscheinen, werde ich mich bei ihnen daheim nach ihrem Verbleib erkundigen.«

Ich melde mich und die Direktorin nickt mir zu. »Ja, bitte, Lilly.«

»Blümchens Eltern arbeiten beide«, erkläre ich. »Ihre Mutter kommt erst am frühen Nachmittag nach Hause. Aber ich werde nach dem Unterricht natürlich sofort zu ihr fahren.« Oder besser gleich die Polizei alarmieren, füge ich im Stillen hinzu.

»Das ist sicher eine gute Idee«, erwidert Frau Traube-

Bömmelein. »Wie sieht es denn diesbezüglich mit Björn-Dakota aus?«, erkundigt sie sich bei den Jungs.

Ole saust von seinem Platz hoch.

»Also ich würde auch lieber mit ihm rumhängen, als Englisch bei Mr Mellow zu haben«, piepst er.

Während unser Englischlehrer mit Schnappatmung auf den Stuhl hinter dem Lehrertisch sinkt, klatscht Jannik Ole lachend seine Hand auf den Hintern. »Haha, du Spinner! Du meinst wohl mit Kamilla!«

»Was?« Ole sieht ihn erschrocken an. »Ne«, sagt er dann und fällt wie ein schlaff gewordener Luftballon auf seinen Sitz zurück. »Die meine ich nicht.«

Er senkt den Kopf und starrt auf seinen Testbogen.

Für ein paar Sekunden ist es im Klassenraum mucksmäuschenstill. Sogar die Pissnelken haben aufgehört zu kichern.

Frau Traube-Bömmelein räuspert sich und findet schließlich als Erste die Sprache wieder.

»Ich möchte euch nun eine Mitteilung machen«, beginnt sie. »Wie ich vor Lillys Ankunft ja bereits sagte, besteht für Lehrer die Möglichkeit, ein sogenanntes Sabbatjahr einzulegen. Ich als eure Schulleiterin wollte davon ursprünglich keinen Gebrauch machen, doch eine unvorhergesehene private Entwicklung zwingt mich jetzt gewissermaßen dazu.«

»Und was bedeutet das?«, will Lena wissen.

»Es bedeutet, dass ich ab sofort außer Dienst bin«, erwidert Frau Traube-Bömmelein mit einem langen

Seufzer und deutet auf den Haufen Pferdeäpfel im dunklen Anzug, der die ganze Zeit reglos wie eine Statue auf derselben Stelle gestanden und vor sich hin gestiert hat, »und Herr Handteherz die Leitung unserer Schule übernehmen wird.«

Wie auf Kommando kommt Leben in den Pferdehaufen. Er ruckelt an seinem Krawattenknoten und macht einen Schritt nach vorn.

»Nun, meine Lieben ... Hand aufs Herz ...«, sagt er mit knödeliger Stimme, »ich glaube, dass wir uns ganz ausgezeichnet verstehen werden.«

»Ich nicht«, erwidert Jannik nicht besonders laut. Ich konnte es trotzdem deutlich verstehen und gehe davon aus, dass es auch diesem Herrn *Handaufsherz* nicht entgangen sein wird.

»Und falls ihr euch Sorgen um eure Projektwoche und die Jubiläumsfeier macht«, fährt er jedoch unbeirrt mit seiner ulkigen Knödelstimme fort, »das findet selbstverständlich alles wie geplant statt. Allerdings wird es eine kleine Änderung geben. Darüber erhaltet ihr im Laufe des Vormittags noch Mitteilung.«

Eine Welle der Unruhe aus unwilligem Gemurmel, Getuschel und Gekicher wogt durch die Klasse.

Yassi neigt sich zu mir rüber. »Ein komischer Mann«, raunt sie. »Der ist mir nicht geheuer.«

Mir auch nicht.

Davon abgesehen ist Frau Traube-Bömmelein die perfekte Direktorin, und ich finde es außerordentlich bedauerlich, dass sie unsere Schule so plötzlich verlässt. Bestimmt hat sie ihre Gründe und die sind wahrscheinlich nicht gerade erfreulich. Vielleicht hatte ihr Mann einen Unfall oder ist schwer krank geworden, was mir wirklich furchtbar leidtäte. Im Augenblick sorge ich mich allerdings noch immer weitaus mehr um Blümchen. Dass sie irgendwo mit Björn-Dakota *rumhängt*, kann ich mir nämlich beim besten Willen nicht vorstellen.

»Herr Handteherz wäre in diesem Herbst ohnehin als Deutsch- und Musiklehrer zu uns gekommen«, fährt Frau Traube-Bömmelein fort, nachdem Mister Handaufsherz erneut zur Statue geworden ist. »Da er nun aber in der Hauptsache mit Organisation, Koordination und anderen leitenden Aufgaben betraut sein wird, habe ich zwei weitere Kollegen eingestellt: einen jungen Musiker, der einige Unterrichtsstunden in der Unter- und Mittelstufe übernimmt, und eine ganz reizende Referendarin, die im Frühjahr ihre zweite Prüfung ablegen und unserer Schule danach hoffentlich als Vollzeitkraft zur Verfügung stehen wird. Die beiden neuen Kollegen lernt ihr im Laufe des Tages kennen. Ich bleibe euch noch bis zum Ende dieser Woche erhalten.« Abermals zeigt sie auf Mister »Hand aufs Herz, ich bin ein Pferdeapfel«. »Bis dahin sind wir beide eure Ansprechpartner für alle Angelegenheiten, die ihr weder mit euren Fach-, Klassen- oder den Vertrauenslehrern regeln könnt«, beendet sie ihren Monolog und klatscht in die

Hände. »Also, meine Lieben! Ihr seht: Es ist alles bestens geregelt.«

Mit diesen Worten wendet sie sich der Tür zu. Als sie merkt, dass unser neuer Direx keine Anstalten macht, ihr zu folgen, dreht sie sich noch einmal um und weckt ihn mit einem Fingerschnipsen aus seiner Erstarrung. »Kommen Sie bitte, werter Herr Kollege, wir haben noch einige Klassen vor uns.«

»Natürlich, natürlich.« Herr Handteherz ruckelt noch einmal an seiner Krawatte und marschiert dann mit zackigen Schritten Frau Traube-Bömmelein hinterher auf den Gang hinaus.

»Bestens geregelt?« Jannik verdreht die Augen. »Leute, das ist das Ende«, prophezeit er und sinkt stöhnend auf seinem Tisch zusammen.

Die Pissnelken hören schlagartig mit ihrem Gekicher auf. Alle machen bedröppelte Gesichter und fast alle reden durcheinander.

Mr Mellow sitzt hinter dem Lehrertisch und schüttelt unentwegt den Kopf. Es dauert eine Weile, bis er kapiert, dass er mit seinem Unterricht fortfahren kann.

»So etwas darf man sich doch nicht gefallen lassen«, meint er schließlich. »Nicht wahr?«

»Never ever, Mr Mellow!«, rufen Niklas und Bent im Chor.

»Ich werde einen Brief ans Schulamt schreiben«, sagt er, während er sich langsam erhebt. »Oder gleich ans

Kultusministerium.« Er sieht uns fragend an. »Oder was meint ihr?«

»On every case«, piepst Ole.

Jannik rammt ihm seinen Ellenbogen in die Seite. »Das heißt *in*, du Schwuli.«

»Ich bin nicht schwul!«, ruft Ole erbost.

»Klar«, brummt Jannik. »Anyhow.«

Mr Mellow sieht zwischen Ole und Jannik hin und her.

»Beides ist möglich«, sagt er. »In every case und anyhow.«

»Siehste«, feixt Jannik und stupst Ole ein weiteres Mal in die Rippen.

Dann schreiben wir den Vokabeltest und diesmal haben wir bis zum Ende der Stunde Zeit.

Melanie Tiffert

Als der Pausengong ertönt, springen Yassi und ich gleichzeitig auf. Wir sind noch vor Bent und Jannik an der Tür und benötigen nicht einmal eine halbe Minute, um in die Pausenhalle zu gelangen.

»Wo bist du gewesen?«, keuche ich. »Blümchen und ich haben dich vermisst.«

»Und jetzt ist *sie* verschwunden?«, erwidert Yassi stirnrunzelnd. »Einfach so?«

»Ja, einfach so«, brumme ich. »Ob du's glaubst oder nicht.«

»Natürlich glaube ich dir«, gibt Yassi zurück. »Meine Schwester hat mich gefahren«, beantwortet sie meine Frage. »Sie hatte noch etwas in der Stadt zu erledigen. Ich glaube, sie und Martin wollen bald heiraten.«

»Ist Busra nicht noch ein bisschen zu jung dafür?«, entgegne ich, während ich auf die Eingangstür zulaufe, von wo aus ich sowohl die Halle als auch einen großen Teil des Pausenhofs gut im Blick habe.

Yassi folgt mir hastig. »Busra ist fast zwanzig.«

»Eben«, sage ich. »Heutzutage heiraten die meisten doch erst mit dreißig. Oder gar nicht.«

»Du meinst die Deutschen«, erwidert Yassi. »In vielen türkischen Familien ist das ein bisschen anders.«

»Aber Martin ist Deutscher«, wende ich ein.

»Schon.« Yassi zuckt mit den Schultern. »Er liebt sie eben.«

»Deshalb muss er sie ja nicht gleich heiraten«, halte ich dagegen.

»Busra möchte, dass das Gerede aufhört«, erklärt Yassi mir. »Du weißt doch, wie Tante Hatice denkt. Für sie ist es schon schlimm genug, dass ihre Nichte sich nicht in einen türkischen Mann verliebt hat. Wenn Martin Busra heiratet, beweist er zumindest, dass er ehrenwerte Absichten hat und nicht einfach nur so mit ihr zusammen ist.«

»Was heißt denn *nur so*?«

Eine zarte Röte breitet sich auf Yassis Wangen aus. »Du weißt schon.«

Ich starre sie an und muss prompt an Jackie denken, die überhaupt nichts dabei findet, wenn man *unehrenhaft* mit jemandem zusammen ist. Natürlich weiß ich es nicht genau, aber ich könnte mir vorstellen, dass sie damals sogar mit Jonas geschlafen hätte. Und der macht jetzt womöglich sogar mit drei oder vier Mädchen gleichzeitig rum!

»Ach, du heiliger Grützbeutel!«, platzt es aus mir heraus. Denn mit einem Schlag wird mir klar, was meine Schwester gestern Abend mit *Umkehrschluss* gemeint hat. Es geht Jackie keinesfalls nur darum, ob ihre

Freundin Nikoletta sie hintergeht! Vor allem möchte sie wohl wissen, ob Jonas sich tatsächlich aufführt wie Casanova höchstpersönlich. Aber das werde ich für sie herausfinden, so wahr ich Lilly Wunderbar heiße!

»Was ist los?«, bricht Yassi in meine Gedanken ein. Sie sieht sich suchend um. »Hast du Blümchen entdeckt?«

»Ähm ... was?«, stottere ich. »Äh, nein!«

»Und warum fluchst du so?«

»Ach, mir ist bloß was eingefallen«, erwidere ich. »Es hat mit Jackie zu tun. Und mit Sex.«

»Oh«, sagt Yassi.

Eine Weile schauen wir schweigend auf den Schulhof hinaus. Doch weder Blümchen noch Björn-Dakota tauchen dort auf. Schließlich läutet es und wir trotten mit hängenden Schultern in Richtung Klassenraum zurück.

»Übrigens finde ich es sehr schade, dass Frau Traube-Bömmelein ein Jahr Pause macht«, meint Yassi. »Ich hoffe, sie ist nicht krank.«

Oje, daran, dass es nicht ihren Mann, sondern sie selbst betreffen könnte, habe ich gar nicht gedacht!

»Vielleicht können wir sie besuchen«, sage ich.

»Weißt du denn, wo sie wohnt?«

»Nein. Aber das lässt sich ja rausfinden.«

Wir sind gerade an den Spindschränken vorbeigelaufen, als ich ein kurzes sanftes Vibrieren an meiner Hüfte spüre. Ich bleibe wie angewurzelt stehen.

»Das ist sie«, hauche ich.

»Wer?«, fragt Yassi. »Wo?«

Wieder blickt sie sich nach allen Seiten um.

»Hier«, sage ich und ziehe mein Handy aus der Jackentasche. »Ich habe gerade eine SMS bekommen.«

Mit vor Aufregung zitternden Fingern hole ich die Nachricht aufs Display. Sie ist tatsächlich von Blümchen.

Mach dir keine sorgen, mir geht es gut.

Wortlos reiche ich das Handy an Yassi weiter.

»Ist das alles?«, fragt sie.

»Ja ... Komisch nicht?«

Wir sehen uns an und auf einmal ist mir total schlecht.

»Da ist was faul«, murmele ich. – Und zwar oberfaul!

In der nächsten Doppelstunde haben wir Deutsch bei unserer Klassenlehrerin Frau Schönerscheidt. Sie ist mit den Müttern von Kristina, Annabelle und Marie befreundet, weshalb sie die Pissnelken immer bevorzugt behandelt.

Im Schlepptau hat Frau Schönerscheidt ein Mädchen, das ich auf höchstens achtzehn Jahre schätze, und zuerst denke ich auch, dass es sich bei ihr um eine

Schülerin aus der Oberstufe handelt. Doch dann stellt sich heraus, dass dieses Mädchen bereits Mitte zwanzig ist, Melanie Tiffert heißt und die von unserer Schulleiterin angekündigte Referendarin ist.

»Fräulein Tiffert wird mir ein wenig zur Seite stehen«, erklärt uns Frau Schönerscheidt. »Und sich auf diese Weise abschauen, wie ein moderner Unterricht heutzutage gestaltet wird.«

Melanie Tiffert nickt und lächelt.

Im Gegensatz zu Direktor Handaufsherz finde ich sie sofort total symphatisch. Sie ist kaum größer als ich, hat kugelrunde Haselnussaugen und hellblonde Franselhaare. Zu einem bunten Streifenpulli trägt sie ausgewaschene Jeans und dunkelbraune Schnürstiefel mit dicken Kreppsohlen, und wenn sie lächelt, wird es sofort einen Tick heller im Klassenraum.

Verzückt schaue ich sie an und kriege gar nicht richtig mit, was Frau Schönerscheidt erzählt. Ihre Stimme ist wie ein beständiger Singsang, der aus unendlich weiter Ferne zu mir durchdringt.

»Sie sieht nett aus«, höre ich Yassi sagen.

»Hmm.«

Es wäre so toll, wenn Frau Schönerscheidt sich einfach in Luft auflösen würde und Melanie Tiffert ihren Unterricht übernehmen könnte.

»Lilly?«

»Hmm?«

»Fräulein Wunderbar!« Mit einem Schlag ist Frau

Schönerscheidts Stimme schrecklich laut und schneidend. »Hör auf zu träumen und beantworte bitte meine Frage!«

Mit einem Ruck richte ich mich kerzengerade auf.

»Welche Frage?«

»Dachte ich es mir doch!« Meine Klassenlehrerin kräuselt die Lippen. »Du hast mir gar nicht zugehört.«

»Bestimmt träumt se von so 'm Prinzen, den se sowieso nicht kriegen kann«, gickert Kristina, und ihre dämlichen Pissnelkenfreundinnen kichern mit.

»Schscht, Kristina, bitte. Das gehört nun wirklich nicht zum Thema«, sagt Frau Schönerscheidt ungewohnt streng.

»Nicht zuhören gehört auch nicht zum Thema«, meint Marie vorlaut. »Das ist unhöflich.«

»Außerdem ist Ihr Unterricht immer sooo spannend«, schleimt Annabelle und klimpert übertrieben mit den Wimpern. »Da kann man einfach nicht *nicht* zuhören.«

»Das sehe ich genauso«, erwidert Frau Schönerscheidt lächelnd. »So, und du sagst mir jetzt bitte, wo deine Freundin Kamilla steckt«, fährt sie an mich gewandt fort und pikt ihren Kugelschreiber in meine Schulter.

»Das weiß ich nicht«, sage ich und zucke zurück.

Auf meinem Kapuzenpulli prangt nun ein kleiner roter Kulifleck.

»Keine Sorge, das lässt sich problemlos auswaschen«, erklärt meine Klassenlehrerin und tockt jetzt mit ihrem Kuli vor mir auf dem Tisch herum.

Tock! Tock! Tock! Punkt! Punkt! Punkt!

Und am Ende heißt es dann wieder, wir Schüler verunstalten das Mobiliar!

Eine heiße Welle der Wut kocht in mir hoch.

»Ich mache mir überhaupt keine Sorgen um blöde Kulipunkte, sondern um Blümchen«, fahre ich Frau Schönerscheidt an. »Sie ist heute Morgen nämlich einfach verschwunden!«

»Genau wie Björn-Dakota!«, ruft Jannik.

»Björn-Dakota ist krank«, entgegnet Frau Schönerscheidt. »Sein Vater hat eben im Sekretariat angerufen.«

»Was?«, hauche ich.

Das letzte bisschen Hoffnung, nämlich dass Blümchens Verschwinden vielleicht doch etwas mit BD zu tun haben könnte, schwindet schlagartig dahin. Und plötzlich fange ich an zu heulen. Einerseits tut es gut, weil es die Angst, die mir die ganze Zeit schon wie ein dicker Klumpen auf der Brust liegt, ein wenig erträglicher macht, andererseits ist es mir schrecklich peinlich.

Hastig tauche ich unter dem Tisch ab und beginne, meinen Rucksack nach einem Papiertaschentuch zu durchsuchen, dabei bin ich mir beinahe sicher, dass ich gar keines eingesteckt habe.

»Hier«, wispert Yassi neben mir, und im nächsten Moment schieben sich ihre Hand und ein mit winzigen Sonnen bedrucktes Taschentuch in mein Gesichtsfeld.

Yassi legt es auf meinen Oberschenkel. Ich greife

sofort danach, schlage es auseinander und schnäuze mir die Nase.

»Och, die arme Kleine macht sich Sorgen«, höhnt Annabelle.

»Wenn du mich frägst«, sagt Kristina, »das is sowieso bloß alles Schau.«

»Ich fräge dich aber nicht!«, fauche ich, springe vom Stuhl hoch und renne aus der Klasse.

Mit einem lauten Knall fliegt die Tür hinter mir zu. Fast bin ich ein wenig erschrocken über mich selbst. Aber die Wut auf die Pissnelken, die von nichts und niemandem eine Ahnung haben, und das beklemmende Gefühl der Hilflosigkeit sind größer.

Ich muss Blümchen suchen, sonst werde ich noch verrückt. Aber ich weiß natürlich auch, dass ich das Schulgelände nicht unerlaubt verlassen darf. Und die Jacke mit meinem Handy in der Tasche hängt über meinem Stuhl im Klassenraum. Ich kann also noch nicht mal versuchen, Blümchens Eltern zu erreichen oder gleich die Polizei zu alarmieren.

Aus lauter Verzweiflung fange ich wieder an zu weinen. Eine Träne nach der anderen rinnt mir die Wangen hinunter. Ich schleppe mich an den Spindschränken vorbei und lehne mich schluchzend mit dem Rücken gegen die Wand.

Langsam lasse ich mich zu Boden rutschen und presse mir das zerknüllte Sonnentaschentuch auf die Augen.

»Hey«, sagt da eine leise Stimme über mir. »Lilly?«

Woher kennt die meinen Namen?, denke ich noch, da berührt mich jemand am Ellenbogen.

»Magst du mir erzählen, was passiert ist?«

Die Stimme ist jetzt direkt vor mir.

Ich lasse das Taschentuch sinken und mein Blick fällt in ein Paar mitfühlend dreinschauende Haselnussaugen.

»Aber ...?«, stammele ich.

»Mir ist schon klar, dass ich eine völlig Fremde für dich bin und du dich wahrscheinlich lieber deiner Klassenlehrerin anvertrauen würdest«, sagt Melanie Tiffert. »Frau Schönerscheidt muss jedoch mit dem Unterricht fortfahren und deshalb ...«

Ich lasse sie nicht ausreden. Denn ich bin heilfroh, dass sie da ist. Sie und nicht Frau Schönerscheidt, die außer für die Angelegenheiten der Pissnelken noch nie für irgendetwas Verständnis gezeigt hat.

»Wir haben gestritten. Auf der Rolltreppe im Südbahnhof. Ich bin etwas schneller vorausgelaufen und dann war sie plötzlich weg«, erzähle ich stockend. »Ich dachte, Blümchen will mich ärgern, aber dann wäre sie doch irgendwann wieder aufgetaucht.«

Melanie Tiffert nickt. »Ja, wahrscheinlich.«

»Was soll ich denn jetzt tun?«, schluchze ich. »Ich kann doch hier nicht einfach rumsitzen und warten.«

Frau Tiffert drückt meinen Arm. »Möglicherweise ist ihr schlecht geworden. Manchmal passiert so etwas ganz plötzlich. Deine Freundin konnte dir nicht mehr Bescheid sagen, weil du schon zu weit weg warst. Sie hat sich auf die Toilette geflüchtet und sich dort übergeben.«

Ich schüttele den Kopf. »Auf dem Klo war sie nicht. Und auch sonst nirgends. Ich habe wirklich überall nachgesehen«, beteuere ich.

»Dann habt ihr euch bestimmt verpasst«, erwidert die Referendarin.

Ja, das könnte eine Erklärung sein.

Ich putze mir noch einmal die Nase und wische mir mit den Ärmeln meines Kapuzenpullis über die Augen.

»Somit wäre Blümchen jetzt zu Hause.«

»Genau.« Ein aufmunterndes Lächeln huscht über Frau Tifferts Gesicht. »Während du deine Freundin gesucht hast, ist sie in die nächste Bahn gestiegen und hat sich daheim sofort in ihr Bett verkrochen.«

»Aber warum hat sie mir dann diese komische Nachricht geschickt?«

Melanie Tiffert zieht ihre Augenbrauen über der Nasenwurzel zusammen.

»Was denn für eine Nachricht?«, will sie wissen.

»Na, die auf meinem Handy.«

Sie streckt mir ihre Hand entgegen. »Darf ich mal sehen?«

»Geht nicht«, erwidere ich seufzend. »Das Handy steckt in meiner Jackentasche und die ist in der Klasse. Ich kann es Ihnen aber auch so sagen.« Ich hole einmal tief Luft, bevor ich Blümchens SMS zitiere: »Mach dir keine Sorgen, mir geht es gut.«

Frau Tiffert betrachtet mich forschend.

»Das ist wirklich seltsam«, meint sie schließlich. »Wenn ihr schlecht geworden wäre, hätte sie es dir doch geschrieben. Oder nicht?«

»Bestimmt«, presse ich hervor und senke schnell den Blick, weil mir schon wieder die Tränen in die Augen schießen.

»Komm«, fordert die Referendarin mich auf. »Wir gehen jetzt ins Sekretariat und rufen von dort aus bei Blümchen zu Hause an.«

Sie umfasst meine Oberarme und zieht mich auf die Füße.

»Und wenn sie nicht rangeht?«, entgegne ich, während ich neben Melanie Tiffert den Gang entlangstolpere.

»Dann versuchen wir, ihre Eltern zu erreichen.«

»Aber die arbeiten doch«, wende ich ein.

»Alle Erziehungsberechtigten haben eine Nummer hinterlassen, unter der sie auch an ihrer Arbeitsstelle zu erreichen sind«, gibt Melanie Tiffert zurück. »Frau Zurlitz kann uns sicher weiterhelfen.«

Ich weiß, dass sie es gut meint, und sie gibt sich wirklich große Mühe, zuversichtlich zu klingen, trotzdem wird mir mit jedem Schritt, den wir uns in Richtung Sekretariat bewegen, immer elender zumute. Ich glaube nämlich nicht, dass Blümchen zu Hause ist. Und sie hat auch diese merkwürdige SMS nicht geschrieben. Davon bin ich mittlerweile felsenfest überzeugt. Jemand hat sie entführt, ihr das Handy weggenommen und diese

Nachricht gesendet. Vielleicht hat er Blümchen auch gezwungen, sie zu schreiben. Oder er hat einfach irgendeine Nummer aus dem Speicher geholt, und es ist reiner Zufall, dass die SMS bei mir gelandet ist.

»Wir müssen die Polizei alarmieren«, murmele ich.

»Das entscheiden nicht wir, sondern ihre Eltern«, sagt Frau Tiffert und tätschelt mir die Schulter. »Aber du wirst sehen: Bestimmt ist das gar nicht nötig, weil es eine ganz logische Erklärung für alles gibt.«

Inzwischen haben wir das Sekretariat erreicht. Leider ist Frau Zurlitz nicht da, sondern nur Herr Pelkin, der zwar total nett, allerdings immer ein wenig umständlich ist.

»Wie heißt deine Freundin noch mal?«, fragt er, nachdem er eine Weile auf den Bildschirm gestarrt und mit der Maus herauf- und heruntergescrollt hat. »Eriksson?«

»Nein, dóttir«, sage ich.

»Herrgott, dann muss ich ja unter D nachschauen«, erwidert er und dreht das Mausrädchen wieder nach oben.

»Nein!«, rufe ich verzweifelt. »Erik ist richtig. Aber nicht Erik*son*, sondern Eriks*dóttir*.«

»Blümchen stammt aus Island?«, fragt Frau Tiffert überrascht. »Tja, dort ist es mit der Namensgebung tatsächlich ein wenig kompliziert«, gibt sie Herrn Pelkin mit einem Schulterzucken zu verstehen.

»Das stimmt nicht«, widerspreche ich. »Es ist überhaupt nicht kompliziert. Bloß anders. In Island gibt es keine Familiennamen. Blümchens Vater heißt Erik. Und weil dóttir auf Isländisch Tochter bedeutet, ist Blümchens Nachname Eriksdóttir, auf Deutsch also: Eriks Tochter. Hätte Blümchen einen Bruder, müsste man ihn Erikson nennen«, führe ich meine Erklärung der Vollständigkeit halber zu Ende.

»Ja, wie denn jetzt?«, fragt Herr Pelkin ungeduldig.

»Schauen Sie nach Eriksdóttir«, antwortet Melanie Tiffert an meiner Stelle. »Kamilla Eriksdóttir.«

Abermals scrollt Herr Pelkin auf und ab und mit einem Mal hellt sich seine Miene auf. »Ah! Da haben wir sie ja! Am besten drucke ich Ihnen die Daten der kleinen Kamilla einfach aus.«

Melanie Tiffert schenkt ihm ein warmes Lächeln. »Das ist eine hervorragende Idee.«

Herr Pelkin strahlt unsere Referendarin an und wieder vergehen wertvolle Sekunden. Frau Tifferts Lächeln verfehlt also auch bei ihm seine Wirkung nicht. Dabei würde ich schwören, dass unser Sekretär eigentlich auf Männer steht.

Prompt muss ich an Ole denken und die gemeinen Bemerkungen aus der Jungsecke. Ich verstehe einfach nicht, warum es einigen Leuten so schwerfällt, andere Menschen zu akzeptieren, wie sie sind. Natürlich kommen mir auch gleich wieder Fuat, Akin und Tarik in den Sinn, die unbedingt verhindern wollen, dass Yassi sich mit einem deutschen Jungen anfreundet.

Energisch wische ich diese Gedanken beiseite. Im

Augenblick habe ich wahrlich andere Sorgen. Solange ich nicht weiß, wo Blümchen steckt und ob es ihr wirklich gut geht, kann ich mich nicht auch noch um solche Dinge kümmern.

Zuerst ruft Melanie Tiffert bei Blümchen zu Hause an. Sie versucht es dreimal und lässt es jedes Mal so lange klingeln, bis die Verbindung automatisch abgebrochen wird.

»Tja, also entweder schläft deine Freundin tief und fest oder sie ist tatsächlich nicht daheim«, sagt sie nachdenklich und tippt nun die Nummer von Frau Diethardts Handy ein.

Lustigerweise hat in Blümchens Familie jeder einen anderen Nachnamen. Ihr Vater Erik heißt Jonasson, weil dessen Vater auf den Vornamen Jonas hört, während Blümchens Mutter nach der Hochzeit einfach ihren deutschen Mädchennamen behalten hat.

»Da meldet sich leider nur die Mailbox«, sagt Frau Tiffert, nachdem sie eine ganze Weile ins Telefon gelauscht hat. »Wahrscheinlich hat Frau Diethardt gerade zu tun.« Sie wählt die Nummer gleich noch einmal, hinterlässt eine kurze Nachricht und bittet um Rückruf im Schulsekretariat.

»Mehr können wir im Moment leider nicht tun«, meint sie seufzend.

»Aber …«, will ich einwenden, doch ich bekomme kein einziges Wort über die Lippen. Mein Hals ist so eng, dass ich kaum dagegen anschlucken kann.

»Es hat wohl wenig Sinn, dich weiter am Unterricht teilnehmen zu lassen«, fährt die Referendarin mehr zu sich selbst fort. »Allein zu Hause wärst du jetzt allerdings auch nicht gut aufgehoben«, sagt sie dann und mustert mich fragend. »Ich nehme an, dass deine Eltern ebenfalls beide berufstätig sind?«

Ich nicke. »Aber meine Oma nicht.«

»Gut.« Melanie Tiffert lächelt ihr wunderbar warmes Lächeln. »Dann fahre ich dich jetzt zu ihr.«

»Sie wohnt aber nicht in der Nähe, sondern in Wittenfeld«, entgegne ich. »Das ist ziemlich weit von hier.«

»Oh, das macht gar nichts«, meint die Referendarin. »Ich bin gerade erst hergezogen und ganz wild darauf, meine neue Umgebung kennenzulernen.«

»Und was ist mit meiner Jacke?«

Allein die Vorstellung, mit meinem verheulten Gesicht noch einmal in den Klassenraum zurückzumüssen, löst großes Unbehagen in mir aus.

»Die hole ich dir«, bietet Frau Tiffert an. »Ich muss uns ja ohnehin noch bei Frau Schönerscheidt abmelden.«

Mir fällt ein Stein vom Herzen, doch natürlich hält die Erleichterung nicht lange an.

»Können Sie Yassi sagen, dass wir Blümchen noch

nicht gefunden haben und ich bei meiner Oma bin?«, bitte ich.

»Yassi?« Frau Tifferts Haselnussaugen leuchten auf. »Ist das deine Tischnachbarin mit dem hübschen türkisfarbenen Kopftuch?«

»Mhm.«

»Gut.« Sie tippt mir sanft auf die Brust. »Du wartest hier. Ich bin in zwei Minuten wieder da.«

Plötzlich verwandt

Eine Viertelstunde später kutschiert uns Melanie Tiffert in ihrem knallroten Fiat 500 in Richtung Wittenfeld. Ich habe auf der Rückbank Platz genommen, dort fühle ich mich mit meinem Kummer und dem verquollenen Gesicht einfach wohler. Außerdem kann ich so unbeobachtet auf Blümchens seltsame Nachricht starren.

Mach dir keine sorgen, mir geht es gut.

Je länger ich diesen Satz in meinem Kopf kreisen lasse, desto sicherer bin ich, dass er unmöglich von ihr selbst stammen kann, und umso größer wird meine Sorge um sie.

»Es wäre gut, wenn deine Eltern dir morgen eine Entschuldigung mitgeben könnten«, dringt die Stimme der Referendarin zu mir durch. »Frau Schönerscheidt fand meine Auffassung, dass es sinnvoll wäre, dich unter den gegebenen Umständen vom Unterricht freizustellen, nämlich leider nicht recht nachvollziehbar.«

»Typisch«, brumme ich.

»Wie?« Die Referendarin hebt den Kopf und sieht mich durch den Rückspiegel an. »Was hast du gesagt?«

»Ach, nicht so wichtig.«

»Hm.« Ein Grinsen zupft an Melanie Tifferts Mundwinkeln. »Ich glaube, ich kann es mir denken. Aber das bleibt unter uns«, beeilt sie sich hinzuzusetzen. »Klar?«

»Klar«, sage ich und wende mich seufzend wieder meinem Handy zu.

In derselben Sekunde ploppt eine weitere SMS rein. Vor Aufregung springt mir das Herz bis fast unters Kinn.

Heute 16 uhr 30. Geranienweg, ecke anemonenstraße.
Allein. Und zu niemandem ein wort!

Ich stoße ein langgezogenes »Tsss!« aus und nur einen Atemzug später explodiert eine Wutbombe in meinem Bauch.

»Was ist los?«, will Melanie Tiffert wissen.

Einen Augenblick ringe ich mit mir, dann sage ich: »Ich habe noch eine Nachricht erhalten, und ich glaube, ich weiß jetzt, wo Blümchen steckt.« – Obwohl es mir völlig schleierhaft ist, wie sie dorthin gelangt ist.

Das Gesicht der Referendarin hellt sich auf. »Heißt das, es geht ihr gut?«

»Nicht unbedingt«, erwidere ich zögernd. »Aber wenigstens befindet sie sich nicht in Lebensgefahr.«

»Okay.« Frau Tiffert drosselt das Tempo. »Wohin fahren wir?«

»Nach Wittenfeld.«

»Aber ...?«

»Und ich soll alleine kommen«, sage ich.

»Du liebe Güte!« Melanie Tiffert verdreht die Augen. »Das ist ja wie im Krimi.«

»Na ja, nicht ganz. Genauer gesagt, handelt es sich um einen Dumme-Jungen-Streich.«

Für mich besteht jedenfalls kein Zweifel daran, dass unsere beiden Erzfeinde Luis und Malte Blümchen gekidnappt haben und für ihre Freilassung sehr wahrscheinlich ein Lösegeld verlangen werden – wie auch immer das aussehen mag.

Die Referendarin schweigt. Ihre Hände wandern am Lenkrad rauf und runter. Schließlich setzt sie den Blinker, bringt den Wagen in zweiter Reihe am Straßenrand zum Stehen und stellt den Motor aus. Sie löst den Gurt und dreht sich zu mir um.

»Was sind das für Jungs?«, will sie wissen.

Ich zucke mit den Schultern. »Sie sind ungefähr so alt wie ich und wohnen in derselben Siedlung wie meine Oma. Sie ärgern uns, seitdem ich denken kann.«

Auf Frau Tifferts Stirn bildet sich eine Zornesfalte.

»Ärgern? Also, ich finde, das hier geht ein bisschen sehr weit darüber hinaus«, sagt sie heftig. »Deine beiden Freunde können sich offenbar nicht vorstellen, was sie mit diesem *Dumme-Jungen-Streich* angerichtet haben ... und womöglich noch alles anrichten werden!«

»Sie sind nicht meine Freunde.« Das muss ich einfach noch mal betonen.

»Ja, schon klar.« Melanie Tiffert schüttelt den Kopf. »Was machen wir denn jetzt?«

»In die Schule zurückfahren?«, schlage ich ein wenig zerknirscht vor.

»Eigentlich müssten wir das tatsächlich tun«, erwidert die Referendarin. »Und im Grunde sollte Frau Schönerscheidt erleichtert sein, wenn sie erfährt, dass sich die Sache so schnell geklärt hat, ich befürchte allerdings ...«

Sie bricht ab und ich senke hastig den Kopf.

Natürlich darf Melanie Tiffert nichts Negatives über eine Lehrerkollegin sagen, noch dazu über eine, die sozusagen ihre Vorgesetzte ist.

»Die Sache ist ja noch gar nicht geklärt«, sage ich leise. »Jedenfalls nicht völlig.«

Frau Tiffert atmet lange und geräuschvoll aus.

»Also gut«, meint sie. »Ich bringe dich zu deiner Oma. Du gibst vor, dass dir hundeelend ist ... Das kriegst du doch hin?«

Ich nicke eifrig.

»Ich sage im Sekretariat Bescheid, dass sich die Sache wegen Frau Diethardts Rückruf erledigt hat«, fährt die Referendarin fort und verdreht stöhnend die Augen. »Oh, mein Gott, ich komme mir vor wie eine Fünfzehnjährige, die ihren Eltern erzählt, dass sie bei einer Freundin übernachtet, und stattdessen eine wilde Party feiert.

Wenn mir jemand prophezeit hätte, dass mir so etwas an meinem ersten Tag passiert, hätte ich ihn glattweg für verrückt gehalten.«

»Vielleicht ist es ja doch besser, wenn wir wieder zur Schule fahren«, sage ich. »Ich meine, es ist doch egal, was Frau Schönerscheidt denkt.«

»Ich weiß nicht.« Melanie Tiffert nagt auf ihrer Unterlippe. »Diese Geschichte mit deiner Freundin und den beiden Jungs lässt mir keine Ruhe. Was hältst du davon, wenn wir jetzt zusammen bei denen aufkreuzen und sie zur Rede stellen?«

Eine ganze Menge. Allerdings ...

»Ich habe nicht die geringste Ahnung, wo die wohnen«, gebe ich zurück. »Ich weiß ja nicht mal, wie sie mit Nachnamen heißen.«

»Aber sie ärgern euch schon so lange, wie ihr denken könnt, ja?«

Frau Tiffert hebt die Hand, und für einen kurzen Moment sieht es so aus, als wollte sie mir einen Vogel zeigen, doch dann lässt sie ihre Hand ebenso schnell wieder sinken.

»Mir ist klar, dass das komisch klingt. Es ist aber wirklich so«, schwöre ich. »Jungs interessieren uns einfach nicht.«

»Das wird sich sehr bald ändern«, erwidert die Referendarin, dreht sich um und startet den Motor.

Ich verspüre den drängenden Wunsch, ihr zu widersprechen, verkneife es mir dann aber doch. So cool ich sie auch finde, letztendlich ist sie eine Erwachsene. Zudem eine angehende Lehrerin, und die wollen bekanntermaßen ohnehin immer und in allem Recht behalten.

»Wir machen es so, wie ich eben vorgeschlagen habe«, sagt sie jetzt. »Ich gebe dir meine Handynummer und du versprichst mir, mich sofort anzurufen, wenn Kamilla wohlbehalten heimgekehrt ist.«

Melanie Tiffert begleitet mich an die Tür und wartet, bis Oma Brille öffnet. Als diese mich erblickt, hebt sie erstaunt die Augenbrauen.

»Du?«

»Lilly war nicht gut, und da habe ich angeboten, sie zu Ihnen zu fahren.« Die Referendarin reicht meiner Großmutter die Hand. »Wenn ich mich vorstellen darf: Mein Name ist Tiffert. Ich unterrichte Ihre Enkelin in Deutsch.«

»So, so«, sagt Oma Brille und betrachtet die junge Lehrerin kritisch über den Rand ihrer Zebrabrille hinweg. »In Deutsch also ... Na, Sie scheinen ja außerordentlich engagiert zu sein.«

»Keine Ursache. Ich habe das sehr gern gemacht.« Frau Tiffert lächelt ihr unwiderstehliches Lächeln, das meine Großmutter jedoch wenig zu beindrucken scheint.

»Aha«, sagt sie und schürzt die Lippen. »Na, dann komm mal rein, mein Engel.«

Sie zieht mich in den Flur, nickt der Referendarin noch einmal kurz zu und schließt die Tür hinter uns.

»Also, dieser jungen unerfahrenen Person magst du ja etwas vorspielen können, aber mir nicht. Ich nehme an, das ist dir klar«, schärft sie mir ein.

»Waff! Waff! Waff!«, ertönt es aus dem Wohnzimmer, ehe ich etwas erwidern kann.

Nanu, denke ich verwundert. Kann Herr Semmelfein etwa neuerdings seine Stimme verstellen? Das Gebell klingt ungewöhnlich blechern und eigentlich auch viel zu aggressiv, um von ihm zu stammen. Und siehe da! Nur einen Lidschlag später kommt ein kleiner schwarzbrauner Pinscher um die Ecke geflitzt.

Er stürzt auf mich zu und verbeißt sich knurrend in meiner Jeans.

»Henriette von Ahlen, hör sofort auf damit!«, schimpft meine Großmutter. »Dies ist nicht dein Haus. Du kannst das Überwältigen von Einbrechern also getrost Herrn Semmelfein überlassen.«

»Wuff!«, macht es und nun trottet auch Oma Brilles alter Border-Collie-Rüde herbei. Anstatt mich jedoch schwanzwedelnd zu begrüßen, knurrt er mich ebenfalls an.

»Kennst du mich etwa nicht mehr?«, rufe ich und versuche, den Pinscher abzuschütteln. »Ich bin doch die Lilly.«

»Natürlich erkennt er dich«, erwidert Oma Brille. »Bestimmt führt er sich nur so auf, weil er der kleinen Henriette imponieren will ... Nicht wahr, mein Guter, so ist es doch?«, murmelt sie und tätschelt Herrn Semmelfein den Hintern.

»Omaaa«, jaule ich. »Jetzt tu endlich was! Wenn dieser blöde Pinscher mich nicht sofort loslässt, vergesse ich mich noch. Wo hast du das schreckliche Vieh bloß her?«

»Keine Angst, sie wird dich schon nicht beißen«, versucht meine Großmutter mich zu beschwichtigen, aber darauf möchte ich mich lieber nicht verlassen.

Ich ziehe also meine Jacke aus und werfe sie über den Pinscher.

Augenblicklich löst er sich von meiner Jeans und beginnt einen wilden Kampf mit dem neuen Feind.

»Ja, bist du denn wahnsinnig geworden!«

Aus dem Wohnzimmer schießt ein Hut auf zwei Beinen auf mich zu und zerrt die Jacke vom Boden hoch. Der Pinscher hängt noch immer daran und zappelt mit den Beinen.

»Mein armes kleines Schätzchen!«

Fassungslos gucke ich zwischen dem Hut und den kurzen braunen Zappelbeinen hin und her.

»A-aber ... Sie sind doch die Frau aus der U-Bahn!«

»Jawohl, die bin ich«, erwidert die dicke Dame unter dem Hut schnaubend. »Und ich hatte eigentlich gehofft, dass ich dich nicht so schnell wieder zu Gesicht bekommen würde!«

Das hatte ich allerdings auch! Umso entsetzter bin ich, dass Oma Brille diese schreckliche Frau offenbar kennt.

»Ich habe Ihnen doch überhaupt nichts getan!«, platzt es aus mir heraus. »Ich wollte lediglich an Ihnen vorbei.«

»Vollkommen sinnloserweise!«, faucht die Frau. »Oder glaubst du etwa, dass du weiter hinten einen freien Sitzplatz gefunden hättest?«

Henriette von Ahlen hat meine Jacke mittlerweile losgelassen. Sie thront nun auf dem üppigen Vorbau ihres Frauchens und guckt mich an, als wäre sie die Kaiserin von China höchstpersönlich.

Allmählich ist mir das Ganze wirklich zu blöd.

»Ich habe gar keinen Sitzplatz gesucht«, erwidere ich bissig. »Ich wollte einfach bloß zur nächsten Tür. Vielen Dank übrigens, dass Sie meine Jacke auf den Boden geschmissen haben.«

»Das war nicht ich, sondern Henriette, wie du sicherlich bemerkt haben wirst«, gibt die Hutfrau aufgebracht zurück. »Abgesehen davon hast du deine Jacke selber auch nicht sorgsamer behandelt.«

»Das war Notwehr«, knurre ich. »Irgendwie musste ich Ihren Kö... äh, Ihren niedlichen Pinscher ja davon abhalten, meine Hose zu zerfetzen.« Ich schaue an meinen Beinen hinab und entdecke auf Knöchelhöhe tatsächlich ein winziges ausgefranstes Loch inmitten eines dunklen Sabberflecks. »Da, bitte schön«, schimpfe ich, deute auf das Loch und hebe anschließend meine Jacke auf.

Dabei fällt mein Blick auf Oma Brille, die unseren Disput mit hochgezogenen Brauen und gespitzten Lippen verfolgt.

Es ist absolut untypisch für sie, dass sie so stumm dasteht, keine Fragen stellt und nicht einmal den Versuch macht zu schlichten. Und das verschlägt sogar mir für einen Moment die Sprache.

»Woher kennst du diese Frau überhaupt?«, frage ich, als ich sie wiedergefunden habe.

»*Diese Frau* heißt Elfriede Jordan und ist deine Großtante«, antwortet Oma Brille knapp. »So, und jetzt möchte ich endlich wissen, was hier los ist.«

»Was?«, hauche ich. »Äh ... wieso?«

Ich wusste nämlich nicht, dass ich überhaupt eine Großtante habe.

»Wuff!«, macht Herr Semmelfein.

Anscheinend hat sein altersschwaches Gehirn inzwischen begriffen, dass ich es bin, denn nun umringt er mich schwanzwedelnd und beschnuppert dann ausgiebig das Sabberloch in meiner Jeans.

Meine sogenannte Großtante öffnet den Mund.

»Wir sind heute Morgen in der U-Bahn aufeinandergetroffen«, komme ich ihr zuvor. »Blümchen und ich wollten zum Ausgang, aber sie und Henriette von Ahlen haben uns nicht vorbeigelassen.«

»Ich konnte schließlich nicht ahnen, was ihr vorhabt«, knurrt Frau Jordan. »Ich habe nur beobachtet, wie ihr euch frech zwischen den Leuten hindurchgedrängelt habt.«

»Aha«, sagt Oma Brille und sieht mir tief in die Augen. »Vielleicht magst du für einen Augenblick mit Herrn Semmelfein in den Garten hinausgehen und nachschauen, wo Brotbäckchen steckt.«

Jetzt öffne ich den Mund, klappe ihn aber umgehend wieder zu, als ich den mahnenden Ausdruck im Gesicht meiner Großmutter registriere.

»Sehr gern«, antworte ich gepresst und schlüpfe in meine Jacke. »Na, komm, Semmelfeinchen, lass uns das ungezogene Kätzchen suchen.«

Ich bedenke Elfriede Jordan noch mit einem gepfefferten Blick, wende mich ab und spaziere durch Flur, Wohnzimmer und die offen stehende Terrassentür in den Garten hinaus.

Oma Brilles orangerote Katze sitzt im Geäst des Apfelbaums und schlägt auf eines der bunten Herbstblätter ein. Sie macht es so lange, bis es sich von seinem Zweig löst und trudelnd auf den Rasen hinuntersegelt. Dann springt sie mit gewagtem Satz hinterher, ergreift das Blatt mit beiden Pfoten und zerfleddert es in hundert Stücke.

»Toll, Brotbäckchen«, lobe ich, gehe in die Hocke

und strecke meine Hand nach ihr aus. »Dieses Blatt hast du wirklich fein erlegt.«

Die Katze maunzt und stupst mit ihrem Kopf gegen meine Hand.

»Wuff!«, macht Herr Semmelfein und drängelt sich dazwischen.

»Sei nicht so eifersüchtig«, sage ich und kraule ihm den Hals. »Ich hab euch doch beide lieb.«

»Wuff!«, erwidert der Border-Collie empört und lehnt sich mit seinem ganzen Körper gegen mich, sodass ich das Gleichgewicht verliere und auf den Hintern plumpse.

Brotbäckchen flüchtet sich in die Johannisbeersträucher und Herr Semmelfein schleckt mir durchs Gesicht.

»Iiih, lass das!«, rufe ich und hebe mir kichernd die Arme vors Gesicht. »Was ist denn heute bloß los mit dir? Ist dir etwa der Besuch dieser ehrwürdigen Henriette von Ahlen zu Kopf gestiegen?«

Ich rappele mich wieder auf die Füße und sehe zum Haus hinüber.

Wenn diese unsympathische Hutfrau mit Nachnamen Jordan heißt, muss sie eine Schwester meines seit Langem verstorbenen Opas Herman sein.

Es will mir nicht in den Kopf, weshalb mir nie jemand etwas von ihr erzählt hat. Wo hat Elfriede Jordan die ganzen Jahre über gesteckt und warum taucht sie ausgerechnet jetzt hier auf?

Vor allem jedoch: Was hat Oma Brille so Brisantes

mit ihr zu besprechen, dass ich davon nichts mitkriegen darf?

Ich hoffe ja sehr, dass es dabei nicht um mich geht.

Diese dumme Geschichte, die sich heute Morgen in der Bahn zugetragen hat, wird wohl kaum ein Grund für eine solche Geheimniskrämerei sein. Garantiert hat meine Großmutter sofort kapiert, wo der Hase langläuft, nämlich dass ich nichts Unerhörtes oder gar Verbotenes angestellt habe. Die Einzige, die sich hier danebenbenimmt, ist die ach so unschuldige Frau Jordan. Eigentlich müsste ich mich dafür schämen, mit ihr verwandt zu sein!

Jetzt reiß dich mal zusammen, Lilly Wunderbar, ermahne ich mich. Es gibt überhaupt keinen Grund, dich so aufzuregen. Konzentriere deine Gedanken lieber mal auf Blümchen und die alles andere als beneidenswerten Umstände, in denen sie sich gerade befindet. Nicht auszudenken, wenn meine Freundin die endlosen Stunden bis heute Nachmittag womöglich in einem winzigen Raum zusammen mit Luis und Malte verbringen und sich unflätige Beschimpfungen und Beleidigungen anhören muss!

Ich würde Tage, nein, Wochen oder Monate brauchen, um sie wieder aufzurichten!

Vermutlich würde sie sich dann sogar freiwillig mit Björn-Dakota und ihrem so schrecklich langweiligen Leben anfreunden.

»Tja, jetzt hast du, was du dir gewünscht hast«, murmele ich, während ich langsam in Richtung Terrasse zurücktrotte. Mit toten Keksen würde das allerdings erst dann zu tun haben, wenn wir Luis und Malte ein für alle Mal außer Gefecht gesetzt hätten.

Und unter einem Lebkuchen stelle ich mir ebenfalls etwas anderes vor, als ausgerechnet von den fiesesten Jungen des Universums verschleppt zu werden.

Herr Semmelfein hält sich dicht hinter mir, sodass er prompt in mich hineinläuft, als ich vor der Terrassentür stoppe. Ich taumele nach vorn und stütze mich im letzten Moment am Rahmen ab.

Herr Semmelfein winselt leise und schaut mich mit schief gelegtem Kopf schuldbewusst an.

»Pssst«, wispere ich. »Ich will jetzt keinen Ton mehr von dir hören, verstanden?«

»Wuff!«, macht Herr Semmelfein, hechelt mir in die Kniekehlen und wedelt mit dem Schwanz.

»Du bist ein Torfkopp, weißt du das?«, grummle ich leise. »Jetzt hast du mich verraten.«

Der Border-Collie verzieht seine Lefzen zu einem breiten Grinsen.

Das sieht so süß aus, dass ich ihm seine Trotteligkeit auf der Stelle verzeihe und gar nicht anders kann, als ihn kräftig durchzuknuddeln.

Vom Flur dringen aufgebrachte Stimmen zu mir heraus.

»... hier auftauchen und so etwas von mir verlangen!«, höre ich Oma Brille schimpfen.

»Ich habe auch Rechte«, erwidert Elfriede Jordan nicht weniger zornig. »Herman ist schließlich mein Bruder gewesen.«

»Das fällt dir aber reichlich spät ein«, gibt meine Großmutter wütend zurück. »Jahrelang haben wir nichts von dir gehört.«

»Was ganz sicher nicht meine Schuld ist«, knurrt Frau Jordan.

Danach herrscht Schweigen zwischen den beiden Damen, das Henriette von Ahlen mit hysterischem Gekläffe ausfüllt. Und dann taucht Oma Brille plötzlich in der Wohnzimmertür auf. Als sie mich bemerkt, stutzt sie.

»Du hast doch nicht etwa gelauscht?«

»Nicht absichtlich«, notschwindele ich.

Unter den gegebenen Umständen ist die Halbwahrheit bestimmt besser als eine handfeste Lüge. Oma Brille durchschaut mich ja sowieso.

Meine Großmutter kneift die Augen zusammen.

»Und was genau hast du gehört?«, will sie wissen, während sie sich mir langsam nähert.

»Nicht viel«, sage ich. »Eigentlich nur die letzten zwei, drei Sätze.«

»Mhm.« Oma Brilles Augen werden noch einen Tick schmaler. »Und was schließt du daraus?«

»Na ja ...«, druckse ich. »Dass es Streit gegeben hat und Opa Herman und äh ... meine Großtante sich ziemlich lange nicht gesehen haben.«

»Sie hatten über dreißig Jahre überhaupt keinen Kontakt«, betont Oma Brille. »Und jetzt taucht diese Pers... ähm, seine Schwester hier auf und ...« Sie richtet ihren Blick über mich hinweg und holt tief Luft. »Aber damit werde ich schon fertig werden, Lillylein«, fährt sie beim Ausatmen fort. »Das Wichtigste ist, dass deine Mutter nichts davon erfährt. Pia hat wahrlich genug um die Ohren, ich möchte sie mit diesem alten Familienkram auf keinen Fall belasten. Du wirst zu Hause also kein Wort darüber verlieren. Hast du mich verstanden?«

Ich schlucke und nicke.

Meine Großmutter grunzt leise und nickt ebenfalls. »Es ist gut, dass du hier bist, mein Engel«, sagt sie dann und streicht mir ein wenig fahrig über die Wange. »Ich muss nämlich noch mal weg. Es wird ein wenig Zeit in Anspruch nehmen, und es wäre nett, wenn du so gegen halb zwei mit Herrn Semmelfein Gassi gehen könntest.«

»Was hast du denn vor?«, frage ich, bekomme aber keine Antwort.

Ohne eine weitere Erklärung wendet Oma Brille sich ab. Sie geht in den Flur zurück, zieht ihren Mantel über, nimmt ihre Handtasche von der Spiegelkommode und verlässt das Haus.

Detektiveinsatz

Obwohl ich erst vor nicht mal zwei Minuten versprochen habe, die Geschichte mit der ewig verschollenen und urplötzlich wieder aufgetauchten superominösen Großtante für mich zu behalten, würde ich jetzt am liebsten sofort ans Telefon stürzen, Mama auf ihrer Arbeitsstelle im Buchladen anrufen und ihr alles erzählen.

Ach, Mama, wenn du wüsstest, was Oma Brille womöglich schon wieder ausbrütet!

Vor drei Monaten war es eine sich anbahnende Blinddarmentzündung, die sie vor uns geheim zu halten versucht hatte. Und jetzt scheint es ein ernst zu nehmender Familienkrach zu sein. Es ist wirklich zum Mäusemelken, dass meine Großmutter immer alles alleine regeln will, völlig egal, ob es sich dabei um einen umgestürzten Baum, ein verstopftes Klo oder eine vereiterte Zahnwurzel handelt.

Ach, Mama, denke ich sehnsüchtig. Wie gerne würde ich jetzt in deine warmen, weichen und so wunderbar nach Schokolade duftenden Arme sinken und mich von dir trösten lassen! Alles wäre viel leichter zu ertragen, wenn du mir versichern würdest, dass Blümchen mir nachher unversehrt um den Hals fallen wird und dass Großtante Elfriede zwar ein wenig durchgeknallt ist, aber nicht die geringste Gefahr für den Familienfrieden darstellt. – Oder wenn ich wenigstens meine Wundersprüchebox zur Hand hätte!

Ich schwöre mir, gleich heute Abend meine Wundersprücheersatzschachtel zu füllen und ab sofort immer bei mir zu tragen, damit ich mir zukünftig zu jeder Zeit und in allen Lebenslagen einen Rat holen kann.

Ich tappe in die Küche und werfe einen Blick auf die Wanduhr neben dem Hängeschrank. Es ist kurz nach zwölf. Bis zu meinem Treffen mit Luis und Malte gilt es also noch über vier Stunden totzuschlagen.

Wieder einmal zermartere ich mir den Kopf darüber, was die beiden Blödmänner wohl gegen Blümchen eintauschen wollen, aber ich habe einfach keine Idee. Sicher ist allerdings, dass ich nicht allein dorthin gehen werde. Yassi muss mich auf jeden Fall unterstützen. Natürlich dürfen die Jungs keinen Wind davon kriegen, denn das würde Blümchen nur unnötig in Gefahr bringen. Yassi wird sich im Hintergrund halten, im übertragenen Sinn also wie ein toter Keks agieren. Stopp, Lilly!, rufe ich mich zur Ordnung. Dieser Spruch gehört zu Blümchens Frage. Den kann man nicht einfach auf andere Bereiche übertragen.

»Wieso eigentlich nicht?«, brumme ich.

»Wuff!«, macht Herr Semmelfein und blickt mich mit leuchtenden runden Knopfaugen an.

»Wenn es passt, dann passt es eben. Stimmt's?«, sage ich schulterzuckend zu ihm.

»Wuff!«, wiederholt Herr Semmelfein.

Jetzt wedelt er übertrieben heftig mit dem Schwanz.

Ich werte seine Reaktion als Zuspruch, obwohl ich den Verdacht habe, dass er eigentlich auf etwas Essbares aus ist. Und schon fängt auch mein Magen an zu knurren.

Dummerweise hat Melanie Tiffert nur meine Jacke aus dem Klassenzimmer geholt, nicht aber meinen Rucksack, in dem sich neben meinen Unterlagen für die heutigen Unterrichtsfächer auch ein Apfel und die Dose mit meinem Pausenbrot befinden.

»Dann schau'n wir mal, welche Schätze Oma Brilles Kühlschrank beherbergt«, murmele ich und will mich gerade in Bewegung setzen, als mein Handy summt.

In Erwartung, dass ich soeben eine weitere Nachricht von Blümchens Kidnappern erhalten habe, ziehe ich es aus der Jackentasche und stelle überrascht fest, dass Jackie mir geschrieben hat.

Sorry, vergass, dir nikos foto zu schicken, good luck, jackie

Darunter erscheint das Bild eines rot gelockten Mädchens mit riesigen grünen Augen und pfundweise Sommersprossen im Gesicht. Sie lacht etwas übertrieben in die Kamera, sodass man ihr Zungenpiercing und den Glitzer-Bindi auf ihrem rechten oberen Schneidezahn bewundern kann. Nikoletta sieht zweifellos gut aus, allerdings finde ich sie bei Weitem nicht so hübsch wie meine Schwester.

Mit einem Mal verspüre ich eine beißende Wut auf Jonas. Ich verstehe einfach nicht, wieso er sich damals nicht für Jackie entschieden hat. Eine Bessere als sie kann er doch überhaupt nicht bekommen!

»Weißt du was?«, sage ich zu Herrn Semmelfein. »Du kriegst jetzt was zu beißen. Danach legst du dich schön unter den Apfelbaum und döst 'ne Runde. Derweil erledige ich meinen Auftrag. Du schlägst die Augen erst wieder auf, wenn ich zurückkomme. Klar? Dann wird es für dich nämlich so sein, als ob ich nie weg gewesen bin.«

Der Border-Collie lauscht mir aufmerksam mit aufgestellten Ohren. Als er sieht, dass ich eine Dose Hundefutter aus dem Vorratsschrank nehme und mich in Richtung Terrasse aufmache, ist er sofort mit allem einverstanden.

Ich fülle den gesamten Doseninhalt in seinen Napf und Herr Semmelfein macht sich gierig darüber her.

»Bis später«, raune ich, schlüpfe wieder ins Wohnzimmer und schließe leise die Terrassentür hinter mir.

Eine knappe Viertelstunde später sitze ich im Bus, der über das Zooviertel in die Innenstadt fährt.

Das Max-Schmeling-Gymnasium liegt sehr idyllisch zwischen dem Tierpark und den städtischen Sportanlagen. Als Jackie etwas jünger war als ich, ist sie leidenschaftlich gern zum Turnen gegangen. Und weil die Schmeling-Schule einen sportlichen Schwerpunkt setzt, dachten meine Eltern, dass es klug wäre, Jackie dorthin zu schicken. Anfangs gefiel es ihr auch richtig gut, aber ab der achten Klasse fand sie Sport plötzlich total ätzend. Wie so vieles an ihr habe ich auch das nie richtig verstanden.

Die Busfahrt dauert gut zwanzig Minuten. Bis zum Gong, der das Ende der sechsten Schulstunde ankündigt, habe ich noch ausreichend Zeit, um mir ein Versteck zu suchen, von dem aus ich den Haupteingang und einen möglichst großen Teil des Pausenhofs im Visier habe.

Nachdem ich einige Male zwischen dem Fahrradunterstand, den Büschen vor dem Sportplatz und zwei boxenden Steinstatuen hin und her gehastet bin, entscheide ich mich für einen besonders dicht bewachsenen Busch. Erstens werde ich hier niemandem auffallen und zweitens bietet mir dieser Ort tatsächlich den besten Überblick über den größten Teil des Schulgeländes.

Kaum habe ich Stellung bezogen, läutet es, und kurz darauf verlassen auch schon die ersten Schüler das Gebäude.

Bitte, Jonas, sei hier, bete ich, während ich beide Daumen fest umschließe. Komm raus und quatsch mit irgendwelchen Kumpels – oder küsse zwei Mädels gleichzeitig, die keinerlei Ähnlichkeit mit Niko haben. Im ersten Fall könnte ich meiner Schwester einigermaßen getrost grünes Licht geben, im zweiten müsste ich ihr raten, sich Jonas ein für alle Mal aus dem Kopf zu schlagen. Aber wenigstens wüsste sie dann, dass sie ihrer besten Freundin vertrauen kann. Um ganz sicher zu sein, müsste ich Jonas (oder Niko) eigentlich rund um die Uhr beschatten, aber das ist nun mal völlig unmöglich.

»Bitte, bitte«, murmele ich, da entdecke ich sie: ein zierliches Mädchen mit roten Locken in Trenchcoat, Jeans und türkisfarbenen Chucks. Welche Farbe ihre Augen haben, kann ich aus der Entfernung allerdings nicht erkennen. Sicherheitshalber sehe ich mir noch einmal das Foto an, das Jackie mir geschickt hat. – Ja, bei dem Mädchen handelt es sich eindeutig um Nikoletta. Sie knöpft ihren Mantel zu, vergräbt die Hände in den Taschen und nähert sich gemächlich dem Ausgang des Schulgeländes. Ob sie schon Unterrichtsschluss hat? Im Grunde kann das nicht sein, denn Niko trägt weder einen Rucksack noch eine Umhängetasche bei sich. Prompt schlägt mein Herz einen Takt schneller. Wenn mich nicht alles täuscht, hat die beste Freundin meiner Schwester was ganz anderes vor – nämlich etwas, das nicht jeder mitkriegen soll!

Ich lasse meinen Blick zum Eingang gleiten. Eigentlich müsste Jackie doch auch hier irgendwo rumlaufen. Und tatsächlich! Just in diesem Moment schlendert sie mit drei gleichaltrigen Mädchen zum Parkplatz hinüber, der durch eine niedrige Mauer vom Schulhof getrennt ist. An und auf dieser Mauer tummeln sich bereits einige der älteren Schüler, und ich nehme mal an, dass meine Schwester und ihre Freundinnen das Gleiche vorhaben.

Etwas begreife ich allerdings nicht: Wenn Nikoletta wirklich Jackies beste Freundin ist, warum hängt sie dann nicht ebenfalls bei der Mauer rum, sondern schlägt eine ganz andere Richtung ein? Und wieso kümmert das meine Schwester nicht? Jackie hätte es doch auffallen müssen! Immerhin befürchtet sie, dass Nikoletta sie mit Jonas hintergeht. Ich an Jackies Stelle wäre ihr jedenfalls sofort gefolgt.

Mittlerweile ist Niko aus meinem Gesichtsfeld verschwunden und so schlüpfe ich hastig aus meinem Versteck hervor und hefte mich unauffällig an ihre Fersen.

Als ich den Bürgersteig erreiche, hat sie sich bereits ein gutes Stück vom Schulgelände entfernt. Der Tierpark scheint ihr Ziel zu sein. Ich eile ihr, so schnell ich kann, hinterher, immer darauf bedacht, genügend Abstand zu halten.

Kurz bevor Nikoletta den Eingang des Zoos erreicht, taucht plötzlich ein Typ aus einer Querstraße auf, den ich sofort als Jonas wiedererkenne. Er muss von den

Sportanlagen oder über einen Umweg von der Hinterseite des Schulgebäudes gekommen sein und geht nun zielstrebig auf Jackies Freundin zu.

Niko wirft die Arme um seinen Hals und Jonas küsst sie ganz selbstverständlich auf den Mund. Die beiden halten sich im Arm, lachen und haben sich ganz offensichtlich eine Menge zu erzählen.

Jonas kann man wohl kaum einen Vorwurf machen, aber Nikoletta verstehe ich nicht. Sie tut all das, obwohl sie weiß, dass Jackie in der Nähe ist und theoretisch sogar jeden Moment auftauchen und sie in flagranti erwischen könnte.

»Was bist du nur für eine blöde Kuh von einer besten Freundin!«, knurre ich. Und mit einem Mal ist es mir vollkommen egal, was Niko oder Jonas von mir halten. Ich denke nicht mal darüber nach, ob es Jackie etwas nützt, sondern stürze wutentbrannt auf die beiden zu, kralle meine Hände in Nikolettas Trenchcoat und zerre sie von Jonas weg.

»Schämst du dich eigentlich gar nicht?«, wettere ich. »Und du willst Jackies beste Freundin sein!«

»He! Spinnst du?«, faucht sie mich an. »Lass mich gefälligst los, du kleine Kröte!«

»Ich bin keine Kröte!«, blaffe ich. »Ich bin Jackies Schwester.«

Niko und Jonas starren mich an. Es ist schwer zu erraten, was in ihren Köpfen vorgeht. Sind sie erschrocken, sauer oder einfach bloß überrascht?

Zögernd lasse ich Nikolettas Trenchcoat los, kreuze die Arme vor der Brust und erwidere trotzig ihren Blick.

Jonas stößt einen Pfiff aus.

»Ist das zu fassen?«, sagt er zu Niko. »Jackies kleine Schwester!«

»Ts!« Nikoletta schüttelt den Kopf. »Hat sie dich etwa geschickt, um uns hinterherzuspionieren?«, fragt sie mich zischend, und ich kann das Piercing in ihrer Zunge aufblitzen sehen.

»Nee, auf die Idee bin ich von ganz alleine gekommen«, erwidere ich und recke herausfordernd mein Kinn vor.

Die beiden sollen bloß nicht glauben, dass sie sich noch irgendwie herauswinden können.

»Ist ja wohl klar, was das heißt«, setze ich provozierend hinzu.

»Keine Ahnung, was du meinst«, knurrt Nikoletta.

»Na, Jackies beste Freundin bist du jetzt jedenfalls nicht mehr«, sage ich.

Schweigen.

Jonas rauft sich die Haare und fängt an, unruhig hin und her zu laufen. »So eine Scheiße«, murmelt er.

Ich finde, dass er noch viel besser aussieht als vor einem Jahr. Dafür, dass er ein Typ ist, ist er sogar richtig schön. Und wahrscheinlich ist ihm genau das zu Kopf gestiegen.

Niko packt mich an der Schulter. »Was hast du denn überhaupt gesehen, he?«, will sie wissen.

»Alles«, antworte ich. »Wie ihr euch umarmt und geküsst habt.«

»Und das *alles* wirst du jetzt brühwarm deiner Schwester erzählen, stimmt's?«

Ich zucke die Achseln. »Was sonst?«

Jonas bleibt ruckartig stehen. »Hast *du* schon mal einen Jungen geküsst?«, fragt er mich.

»Natürlich nicht!«, gebe ich empört zurück.

»Dachte ich es mir doch«, brummt Nikoletta. »Sie ist zu jung, um es zu verstehen. Kein Wunder, dass sie es in den falschen Hals gekriegt hat.«

»Was gibt es denn daran nicht zu verstehen?«, verteidige ich mich.

»Ganz einfach: Man muss einen echten Kuss von einem Freundschaftskuss unterscheiden können«, klärt Niko mich auf. »Und genau dazu fehlt es dir offensichtlich an Erfahrung.«

»Pfff«, mache ich und tippe mir an die Stirn. Als ob ich noch nie einen Liebesfilm gesehen hätte! »Ihr wollt euch ja bloß rausreden. Dabei könntet ihr eigentlich froh sein, dass Jackie endlich die Wahrheit erfährt«, brumme ich. »Dann müsst ihr euch wenigstens nicht mehr heimlich treffen.«

»Du hast vielleicht Vorstellungen«, entgegnet Nikoletta. »Wenn wir uns heimlich treffen wollten, würden wir das ganz sicher nicht hier tun, sondern irgendwo, wo Jackie uns nicht dabei beobachten könnte.«

»Tja«, triumphiere ich. »Jetzt habe *ich* es eben getan.«

»Mensch, Mädchen«, brummt Jonas und schüttelt den Kopf. »Denk doch bitte mal nach. Wie heißt du überhaupt?«, fragt er dann.

»Lilly.«

»Hm, Lilly.« Er grinst verhalten. »Klingt doch gar nicht so übel.«

»Lenk bitte nicht ab«, ermahne ich ihn. »Du hast mit Niko rumgeknutscht und ...«

»Genau das hat er nämlich nicht!«, fährt Nikoletta dazwischen. »Was du gesehen hast, ist ein Freundschaftskuss gewesen und kein Zungenkuss. Und im Gegensatz zu dir hätte Jackie das sofort erkannt.«

Zugegeben: Das stimmt. Für einen Zungenkuss ging das Ganze viel zu schnell.

»Und warum habt ihr euch nicht einfach ganz normal auf dem Pausenhof getroffen?«, erkundige ich mich.

»Weil ich nicht wollte, dass Jackie das mitbekommt«, erwidert Nikoletta. »Sie hat mir nämlich verboten, mit Jonas zu sprechen.«

»Ja, aber doch nur, weil sie denkt, dass du dich an ihn ranmachen willst. So wie all die anderen Mädchen auch.«

Jonas und sie werfen sich einen bedeutungsvollen Blick zu, den ich leider nicht zu deuten weiß.

»Jetzt hör mir mal gut zu«, sagt Niko und ihre grünen Augen funkeln fast ein bisschen unheimlich. »Jonas und ich sind schon viel länger miteinander befreundet als deine Schwester und ich.«

»Na, toll!«, stoße ich aus.

Als ob das ein Freifahrtschein für alles wäre!

»Jackie weiß das«, fährt Nikoletta fort. »Ich würde sogar wetten, dass dies der einzige Grund ist, weshalb sie sich überhaupt für mich interessiert.«

»So ein Quatsch! Wieso sollte sie dir dann verbieten, mit ihm zu sprechen?«, schnaube ich.

»Weil sie nicht weiß, was sie will«, gibt Jonas zurück. »Das ist ja das Problem.«

»Dabei könnte alles so einfach sein«, sagt Nikoletta und verdreht stöhnend die Augen. »Aber deine Schwester mag es offenbar gerne kompliziert.«

»Versteh ich nicht.«

Niko sieht Jonas fragend an, woraufhin er beinahe unmerklich nickt.

»Jackie mag Jonas«, sagt Nikoletta. »Und Jonas mag Jackie.«

Ich verstehe noch immer nicht, und so gucke ich anscheinend auch, denn plötzlich fängt Niko an zu lachen.

»Verlieb du dich erst mal«, meint sie. »Vielleicht begreifst du dann, was in deiner Schwester vorgeht.«

»Nee, nee«, widerspreche ich. Erstens verliebe ich mich nicht und zweitens leuchtet in meinen Gehirnzellen just in diesem Augenblick die Erkenntnis auf. »Jackie hat eben Angst, dass es wieder nicht klappt.«

Jonas schluckt.

»Ich weiß«, sagt er leise und seine Stimme klingt ziemlich rau. »Aber das wird es diesmal.« Er atmet geräuschvoll ein. »Vielleicht kannst du ja mit ihr reden«, meint er dann und der Blick aus seinen himmelblauen Augen macht mich fast ein bisschen schwindelig. »Sag ihr, dass ich sie gern habe und ihr ganz bestimmt nicht mehr wehtun werde.«

»Du könntest doch auch selber mit ihr reden«, schlage ich vor.

»Vergiss es«, sagt Jonas. »Sie glaubt mir sowieso nicht.«

»Und mir im Grunde genauso wenig«, fügt Niko hinzu. »Und deshalb ist es eigentlich gar nicht so schlecht, dass du uns *hinterherspioniert* hast.«

»Hmm.« Da könnte was dran sein.

»Du solltest Jackie aber vielleicht doch nicht erzählen, dass er dir gegenüber behauptet hat, dass er sie mag«, meint Niko mit einem Seitenblick auf Jonas.

»Weshalb denn das nicht?«, frage ich irritiert.

»Na, weil sie dann bestimmt denken wird, ich hätte dir was vom Pferd erzählt«, erwidert Jonas zerknirscht. »Niko hat recht. Sag es ihr lieber nicht.«

»Das Beste ist, du schilderst ihr, wie du uns belauscht hast«, schärft Nikoletta mir ein. »Und dass du mit angehört hättest, wie Jonas mir die Ohren vollgejault hat, dass er vor Sehnsucht nach ihr noch umkommt.«

»Okay«, krächze ich und sehe von Nikoletta zu Jonas und von ihm wieder zu Nikoletta. »Mach ich.«

Dann drehe ich mich auf dem Absatz um und laufe los.

Puh! Das muss mein Gehirn jetzt erst mal verarbeiten!

Eine Frage der Sichtweise

Während der gesamten Rückfahrt nach Wittenfeld grübele ich darüber nach, was ich von der Sache halten soll.

Liebt Jonas Jackie wirklich oder will er sie einfach bloß noch mal rumkriegen? Und: Ist es wahr, dass meine Schwester Niko nur ausnutzt und ihr diese Freundschaft in Wahrheit gar nichts bedeutet? Und wieso ist das Ganze nur so unendlich kompliziert? Das sind die Fragen, die mich hauptsächlich beschäftigen. Und je länger sie durch meinen Schädel sausen, desto wütender werde ich auf Jackie. Zum ersten Mal kommt mir nämlich der Gedanke, dass sie möglicherweise nicht ganz unschuldig daran gewesen ist, dass Jonas sich damals für eine andere entschieden hat.

Sie hat ja nicht mal um ihn gekämpft, sondern es vorgezogen, von einem Tag auf den nächsten ein völlig anderer Mensch zu werden. Eigentlich kann sie ziemlich froh sein, dass er sie noch immer mag.

Nach einigem Hin und Her beschließe ich, Jackie nichts vorzumachen, sondern ihr die Wahrheit zu erzählen. Und ich werde ihr auch nicht verschweigen, wie

Jonas mich angeschaut hat, als er mir sagte, dass er sie mag. Wenn er das allerdings bei allen Mädchen so macht, wundert es mich nicht, dass sie reihenweise vor ihm niedersinken. Ich meine, ich bin elf und habe so etwas im Griff, aber Mädels in Jackies Alter werden garantiert nicht nur weiche Knie kriegen.

Als ich in der Rosenstraße vor Oma Brilles Haus ankomme, ist es bereits Viertel nach zwei. Das verzweifelte Geheul von Herrn Semmelfein ist schon von Weitem zu hören gewesen, weshalb ich die letzten hundert Meter gerannt bin. Aber dann fällt mir siedend heiß ein, dass ich überhaupt keinen Schlüssel dabeihabe, weil der sich – natürlich! – noch in meinem Rucksack in der Schule befindet.

Schöner Mist!

»Ich bin ja schon da!«, rufe ich, während ich den schmalen Plattenweg entlanghaste, der am Haus vorbei in den Garten führt.

Herr Semmelfein sitzt unter dem Apfelbaum, reckt seine Schnauze in den Himmel und heult den Mond an. So jedenfalls nennt Oma Brille es, wenn der arme Kerl seinen Sehnsuchtsgefühlen freien Lauf lässt.

Ich stürze auf ihn zu und umarme ihn stürmisch.

»Alles ist gut«, rede ich beruhigend auf ihn ein. »Du bist nicht mehr allein. Wir gehen jetzt spazieren.«

»Das glaube ich kaum«, sagt eine harsche Stimme hinter mir.

Vor Schreck bleibt mir das Herz stehen, und im ersten Moment wage ich nicht, mich zu rühren.

»Ich habe nämlich die Polizei angerufen. Die Beamten dürften jeden Augenblick hier sein.«

Herr Semmelfein fängt wie verrückt an zu knurren und ich drehe mich langsam um.

Nicht mehr als drei Schritte von uns entfernt steht Herr Cornils, Oma Brilles ultrablöder Nachbar. Sein Gesicht ist puterrot und seine zu Fäusten geballten Hände zittern vor Zorn.

»Wie kannst du diesen schrecklichen Köter nur so lange unbeaufsichtigt lassen?«, brüllt er mich an. »Noch dazu während der Mittagsruhe! Das wird Konsequenzen haben, Mädchen, das verspreche ich dir. Höchste Zeit, dass dieses Vieh hier endlich verschwindet.«

»Was ... fällt Ihnen ein!«, presse ich hervor.

»Das frage ich dich!«, donnert Herr Cornils und deutet zur Terrasse. »Guck dir die Schweinerei doch mal an!«

Ich lasse meinen Blick seinem ausgestreckten Finger folgen. – Ach, du Sch...! Wenn das unter dem Holztisch mal kein ordentlicher Haufen ist!

»Na und?«, blaffe ich ihn an, empört darüber, dass dieser bescheuerte Nachbar einfach so mir nichts, dir nichts in Oma Brilles Garten marschiert ist. »Deshalb muss Herr Semmelfein doch nicht gleich von hier verschwinden.«

Aber Herr Cornils hört mir gar nicht zu.

»Das stinkt zum Himmel!«, wettert er und reckt seinen Zeigefinger hoch in die Luft.

»Und das, was Sie da gerade gemacht haben, ist ... ist Hausfriedensbruch«, schimpfe ich zurück, ziemlich stolz darauf, dass mir dieses Wort so schnell eingefallen ist. Natürlich hat Oma Brille nichts dagegen, wenn ihre Nachbarn vorbeischauen, mit diesem bescheuerten Herrn Cornils steht sie allerdings schon seit Jahren auf Kriegsfuß.

»Aber zum Glück kommt ja gleich die Polizei«, setze ich mit einem triumphierenden Ton in der Stimme hinzu. »Es ist sehr nett von Ihnen, dass Sie sie gleich verständigt haben. Denn es geht ja nun wirklich nicht, dass jeder Hinz und Kunz in unserem Garten herumläuft.«

Fast bin ich ein bisschen von meiner eigenen Courage überwältigt, und ich rechne bereits mit einem weiteren Donnerwetter, doch als ich sehe, wie der überhebliche Gesichtsausdruck von Herrn Cornils schlagartig in sich zusammenfällt, weiß ich, dass ich alles richtig gemacht habe.

Und im nächsten Moment läutet es bereits. Für den Fall, dass Oma Brille sich ganz hinten in ihrem Gemüsegarten aufhält und die Klingel im Haus nicht hört, hat sie nämlich eine zweite Glocke unter der Terrassenmarkise angebracht.

»Oh, da sind sie ja schon!«, rufe ich und eile an dem

noch immer verdatterten Herrn Cornils vorbei auf den Plattenweg zu.

Herr Semmelfein folgt mir bellend.

»Hiergeblieben, du freche Göre!«, brüllt Oma Brilles Nachbar mir nach, doch ich renne unbeirrt weiter und stoße vor dem Hauseingang tatsächlich auf zwei Polizeibeamte: eine junge Frau mit blondem Nackenschwanz und ein etwas älterer Kollege, der einen grau melierten Vollbart trägt.

»Da hinten im Garten ist ein Mann!«, rufe ich aufgeregt. »Herr Cornils. Meine Oma möchte nicht, dass er ihr Grundstück betritt. Jetzt ist sie nicht zu Hause und da ist er einfach rübergekommen.«

»Dann hast *du* also bei uns angerufen?«, vergewissert sich die Beamtin.

»Nein, das war ein Nachbar, der sich darüber aufgeregt hat, dass Herr Semmelfein so laut gebellt hat. Aber das hat er doch nur gemacht ...«

Ich breche ab, weil in dieser Sekunde Herr Cornils um die Ecke tritt.

»Gut, dass Sie so schnell gekommen sind«, keucht er. »Dieses Mädchen hier ... und dieser Hund ... Sie müssen ihn sofort in ein Tierheim bringen.«

»Darf ich fragen, warum?«, erkundigt sich der Polizist mit dem Vollbart. »Hat er keinen Besitzer?«

»Doch, natürlich, Oma Brille«, sage ich. »Äh, ich meine Frau Brigitte Jordan.«

»Dann sind Sie also der Herr, der unbefugt Frau

Jordans Grundstück betreten und ihre Enkelin und Herrn Semmelfein erschreckt hat?«, richtet sich die Polizistin an Herrn Cornils.

Verwirrt schaut der zwischen den beiden Beamten hin und her. »Wovon sprechen Sie? Ich kenne keinen Herrn Semmelfein.«

»Ach, so ist das«, erwidert der Polizist, während mir seine Kollegin verstohlen zuzwinkert.

»Mir geht es ausschließlich um diesen Köter«, wettert Herr Cornils.

»Ich versichere Ihnen, dass wir das klären werden«, erwidert der Beamte und zückt einen Kugelschreiber. »Wenn ich Sie nun um Ihre Personalien bitten dürfte?«

»Die tun überhaupt nichts zur Sache«, gibt Oma Brilles Nachbar harsch zurück.

»Wie Sie meinen«, sagt der Polizist. »Dann verlassen Sie jetzt entweder umgehend dieses Grundstück oder Sie begleiten uns aufs Revier.«

Er weist auf den Streifenwagen, der in der Einfahrt steht.

»Ja, also ...« Herr Cornils schaut sich nach allen Seiten um und grüßt flüchtig Frau Schreublitz von gegenüber, die im Fenster lehnt und neugierig zu uns herüberschaut. »Ja, dann ...«

Er bedenkt mich mit einem finsteren Blick, winkt Frau Schreublitz noch ein zweites Mal zu und zockelt dann grummelnd davon.

»Alles in Ordnung?«, fragt die Polizistin, als Herr

Cornils außer Hörweite ist. »Hast du den Hund im Griff?«

»Klar.« Ich nicke eifrig. »Ich war nur kurz bei einer Schulfreundin«, notschwindele ich. »Wegen der Hausaufgaben. Wissen Sie, Herr Semmelfein ist schon alt und regt sich ziemlich schnell auf. Wahrscheinlich hat ihn irgendetwas erschreckt.«

»Hmm.« Der Polizist streicht sich über den Vollbart. »Verstehe.«

»Manche Leute mögen einfach keine Hunde«, sage ich schulterzuckend.

»Ja, da hast du wohl recht«, bestätigt die Polizistin. »Also, dann wünschen wir dir noch viel Spaß mit den Hausaufgaben.«

»Danke«, erwidere ich grinsend und überlege kurz, ob ich den Beamten erzählen soll, dass ich mich ausgesperrt habe, verwerfe diesen Gedanken jedoch sogleich wieder.

Möglich, dass sie mir hätten helfen können, aber ich möchte auf keinen Fall noch mehr Aufsehen erregen. Außerdem hoffe ich, dass Oma Brille bald zurück ist. – Ohne meine grausliche Großtante, versteht sich.

Als ich in den Garten zurückkomme, hockt Brotbäckchen auf der Terrasse und starrt empört den stattlichen Hundehaufen an.

»Tja, dann wollen wir die Bescherung mal wegmachen«, murmele ich und hole eine Schaufel aus dem Schuppen. Anschließend schnappe ich mir den Gartenschlauch und spüle den Rest des Elends mit etwas Wasser fort.

Mein Magen knurrt und erinnert mich daran, dass ich vorhin vergessen habe, mir eine Schnitte zu machen oder wenigstens noch schnell eine Banane zu futtern. Die Obstbäume hat Oma Brille mittlerweile abgeerntet, aber dann finde ich in einem Drahtkorb neben der Laube doch noch ein paar Äpfel, die allerdings schon ein bisschen angegammelt sind.

Ich suche mir zwei einigermaßen akzeptable Früchte aus und laufe zum Haus zurück. Dort lasse ich mich auf der schmalen Stufe vor der Terrassentür nieder, lehne mich gegen die Scheibe – und kippe nach hinten.

Na, so was! Offenbar habe ich vergessen, den Griff umzulegen, sodass die Tür nur angelehnt war.

»Supifantastico!«

In null Komma nix bin ich wieder auf den Beinen. Ich bringe die Äpfel in den Korb zurück, streife meine Schuhe ab und flitze in die Küche, wo ich mir drei Käsebrote und einen Himbeerjoghurt genehmige.

Herr Semmelfein verfolgt jeden einzelnen meiner Bisse, und es fällt mir schwer, ihm nichts abzugeben. Oma Brille mag es nicht, wenn er bettelt, und deshalb darf man ihm nichts vom Tisch geben. Da ich mein Soll an *Fehltritten* für heute bereits erfüllt habe, möchte ich mich den Rest des Tages möglichst korrekt verhalten, und so bekommt Herr Semmelfein seine ersehnte Käsescheibe erst, nachdem ich alles wieder weggeräumt habe.

Inzwischen geht es auf Viertel nach drei zu, höchste Zeit also, endlich Yassi anzurufen. Zum Glück ist ihr Handy eingeschaltet, sodass ich es gar nicht erst mit der Festnetznummer probieren muss.

»Mensch, Lilly!«, ruft sie. »Endlich!«

»Du hättest dich ja auch melden können«, gebe ich zurück.

»Stimmt. Und?«, will sie wissen. »Ist Blümchen wieder aufgetaucht? Frau Tiffert hat gemeint, dass alles ...«

»Nein, ist sie nicht«, falle ich ihr ins Wort. »Sie wird von Luis und Malte gefangen gehalten.«

»Was?«, haucht Yassi. »Und jetzt?«

»Wir müssen sie befreien«, sage ich.

»*Wir*?«

»Klar. Wer sonst?«

»Aber ...?«

»Kein aber, Yassi«, sage ich energisch. »Luis und Malte sind nicht die F.A.T., vor denen kann man nicht einfach weglaufen. Sie sind Blümchens und meine Erzfeinde. Und jetzt brauchen wir deine Hilfe. Alleine schaffe ich es nämlich nicht.«

»Okay ...«, erwidert Yassi zögernd.

»Ich weiß, dass du dich nicht gerne mit Jungs abgibst«, beeile ich mich zu sagen. »Und ich verspreche dir, dass du nicht mit ihnen in Berührung kommen wirst.«

Ich lausche in mein Handy, doch Yassi antwortet nicht. Ich höre nur ihren Atem, und ich spüre beinahe körperlich, wie sehr sie mit sich kämpft.

»Ohne dich schaffe ich es nicht«, wiederhole ich leise, aber diesmal umso eindringlicher.

»Also gut«, meint sie schließlich. »Wann?«

»Am besten jetzt gleich«, entgegne ich. »Ich bin bei meiner Großmutter.«

Kurz bevor Yassi eintrifft, kommt Oma Brille zurück. Sie wirkt ein wenig angespannt und deshalb erkundige ich mich gleich nach Elfriede Jordan.

»Mach dir keine Gedanken, mein Engel«, sagt sie und tätschelt mir die Wange. »Es ist alles in bester Ordnung.«

Mein Gefühl erzählt mir was anderes, aber ich wage nicht, weiter nachzubohren. Wenn Oma Brille nicht über diese Angelegenheit reden will, dann wird sie es auch nicht tun – selbst wenn ich Zeter und Mordio schreie. Außerdem habe ich im Augenblick einen Haufen anderer Sorgen, mein vergessener Rucksack und die Hausaufgaben, die ich diesmal vielleicht nicht machen kann, sind der absolut kleinste Teil davon.

»Ich bin noch ein bisschen mit Yasemin unterwegs«, sage ich, als ich sie draußen durchs Küchenfenster bemerke. Yassi biegt nämlich gerade in die Einfahrt ein. »Bevor ich nach Hause fahre, schau ich aber noch mal vorbei.«

Meine Großmutter mustert mich stirnrunzelnd. »Hast du überhaupt etwas gegessen?«

»Ja, ja«, beruhige ich sie. »Und Herr Semmelfein ist ebenfalls bestens versorgt.«

»Gut«, sagt Oma Brille. »Dann seh ich mal nach Brotbäckchen. Bis nachher.« Sie nickt mir lächelnd zu. »Und viel Spaß euch beiden. Was auch immer ihr vorhabt.«

»Danke«, murmele ich, ziehe meine Jacke über und öffne die Haustür, noch ehe Yassi auf die Klingel drücken kann.

Dass meine Lehrerin mich heute Vormittag mit dem Auto hergebracht hat, weil mir angeblich nicht gut gewesen ist, scheint Oma Brille inzwischen vergessen oder zumindest verdrängt zu haben – wofür ich ihr überaus dankbar bin.

»Komm«, sage ich und ziehe Yassi am Handgelenk außer Sichtweite. »Nicht, dass meine Oma uns noch dazwischenfunkt.«

Hastig erzähle ich ihr, dass meine Großmutter nichts von Blümchens Verschwinden weiß und was sonst noch alles an diesem Vormittag vorgefallen ist.

»Ihr seid ganz schön kompliziert, ihr Deutschen«, kommentiert Yassi die Geschichte mit Jackie, Jonas und Nikoletta. »So ein Theater gäbe es bei uns nicht.«

»Was hat denn das mit deutsch oder nicht deutsch zu tun?«, brumme ich, während wir nun etwas langsamer weiterlaufen. »Ihr seid doch selber kompliziert.«

Das *ihr Türken*, das mir auf der Zunge liegt, verkneife ich mir, denn eigentlich habe ich so kurz vor dem Treffen mit Luis und Malte überhaupt keine Lust auf eine Auseinandersetzung.

»Wir nutzen aber keine anderen Menschen aus«, behauptet sie jetzt.

»Das stimmt doch gar nicht«, widerspreche ich und nun werde ich doch sauer. »Deine Tante Hatice zum Beispiel, die stiftet ihren eigenen Sohn und dessen Freunde an, um dir das Leben schwer zu machen.«

»Das ist etwas anderes«, sagt Yassi leise.

Nein, das ist es nicht, denke ich und balle die Fäuste in meinen Jackentaschen.

»Wenn es um die Familie geht, stehen wir zusammen«, fährt Yassi fort. »Immer. Es gibt Regeln, an die man sich halten muss.«

»Oder die man ändern könnte«, entgegne ich. »Zum Beispiel, indem man darüber redet.«

Yassi nickt. »Aber nicht von jetzt auf gleich.«

»Deine Schwester Busra hat es getan«, halte ich dagegen, und es fällt mir schwer, ruhig zu bleiben. »Sie liebt einen Deutschen. Einen Nicht-Moslem.«

»Einen Christen«, betont Yassi.

»Was ist so schlimm daran?«, frage ich.

»Erst mal gar nichts«, erwidert sie.

»Sie werden wahrscheinlich sogar heiraten«, füge ich hinzu. »Das hast du selber gesagt.«

»Stimmt.« Yassi bleibt stehen und sieht mich an. »Aber das geht nur, wenn einer von beiden konvertiert.«

Ich verstehe nicht ganz. »Konverwas?«

»Konvertieren bedeutet, dass einer von beiden den Glauben des anderen annehmen muss«, erklärt Yassi mir. »Eine christlich-muslimische Eheschließung gibt es nun mal nicht.«

Meine Eltern gehen nicht in die Kirche und auch Oma Brille glaubt nicht an Gott. Sie hat mal für Buddhismus geschwärmt, aber auch damit kenne ich mich nicht aus. Mir ist dieser ganze Religionskram einfach nicht wichtig genug.

Man wird ohnehin niemals beweisen können, ob Gott oder Allah am Urknall des Universums beteiligt waren. Vielleicht sind sie es sogar beide gewesen und warten nun schon seit etlichen Milliarden von Jahren darauf, dass Busra und Martin heiraten und jeder seinen eigenen Glauben behält.

Ablenkungsmanöver

»Weißt du denn überhaupt, wo wir hinmüssen?«, fragt Yassi, nachdem wir eine Weile schweigend nebeneinanderher gelaufen sind.

»Geranienweg, Ecke Anemonenstraße«, sage ich.

»Und? Bist du dort schon mal gewesen?«

»Nein.« Ich schüttele den Kopf. »Ich dachte eigentlich, dass zumindest einer der beiden Jungs im Libellenweg wohnt. Aber vielleicht war das auch ein Missverständnis. Abgesehen davon habe ich hier sowieso nie auf die Schilder mit den Straßennamen geachtet.«

Denn die haben mich nie groß interessiert. – Ein Fehler, wie mir inzwischen klar geworden ist. Denn Luis und Malte haben offenbar sogar herausgefunden, um welche Zeit wir mit welcher U-Bahn in die Schule fahren.

»Geranien und Anemonen sind Blumen«, bemerkt Yassi, was ich mit einem Nicken bestätige.

»Genau wie Rosen. Deshalb dachte ich nämlich, dass der Treffpunkt ganz in der Nähe von Oma Brilles Haus sein müsste.«

»Vielleicht sind wir ja in die falsche Richtung gegangen«, meint Yassi und deutet auf das Schild an der nächsten Einmündung. »Die Straße da vorne heißt Maiglöckchenweg.«

Ein weiterer Blick auf meine Armbanduhr sagt mir, dass uns allmählich die Zeit davonläuft.

»Am besten ist es wohl, wenn wir jemanden fragen«, schlage ich vor.

Ich habe es noch nicht ganz ausgesprochen, da kommt eine junge Frau mit einem Kinderwagen aus dem Maiglöckchenweg und biegt zu uns um die Ecke.

Ich gehe auf sie zu, erkundige mich nach dem Geranienweg und erfahre, dass die Frau in der Anemonenstraße wohnt.

»Na, so ein Zufall!«, rufe ich, bedanke mich und ziehe Yassi rasch weiter in den Maiglöckchenweg hinein.

»Die Anemonenstraße verläuft parallel zur Rosenstraße und nach etwa dreihundert Metern erreicht man den Geranienweg«, erläutere ich ihr. »Wahrscheinlich wohnen die beiden Jungs tatsächlich ganz in Oma Brilles Nähe. Bloß eben auf der anderen Seite.«

Was durchaus einen Sinn ergibt, denn bisher haben Luis und Malte Blümchen und mich immer über die Gartenhecke hinweg genervt. Direkt vor dem Haus oder in der Rosenstraße haben wir sie dagegen noch nie getroffen.

»Du weißt, was du zu tun hast, oder?«, frage ich vorsichtshalber noch mal nach.

»Ich bin vielleicht kompliziert«, erwidert Yassi, »aber nicht blöd.«

»Natürlich nicht«, sage ich, etwas überrascht über ihre ungewohnt harsche Antwort. »So war das eben doch gar nicht gemeint«, setze ich hastig hinzu und drücke ihre Hand.

»Ich weiß«, krächzt Yassi. »Es tut mir leid.«

»Schon gut.« Ich lächele sie an und sie lächelt zaghaft zurück. »Ich bin dir nicht böse, falls du das denkst. Und ich finde dich auch nicht seltsam oder so. Es ist nur manchmal ein bisschen ...« Ich suche nach dem passenden Wort.

»Kompliziert?«, fragt Yassi und imitiert dabei absolut perfekt die Stimme von Herrn Unwecht, unserem strengen Mathelehrer.

Grinsend sehen wir uns an.

»Genauso machst du es«, beschwöre ich sie. »Und immer schön darauf achten, dass Luis und Malte dich nicht entdecken.«

»Puh!« Yassi verdreht stöhnend die Augen. »Und gleichzeitig muss ich mich dicht genug an euch heranschleichen, damit ich mir ihre Stimmen einprägen kann.«

»Das schaffst du schon«, ermutige ich sie.

»Und wenn sie Blümchen ganz woanders hingebracht haben?«, gibt Yassi zu bedenken. »Wenn sie gar nicht hier in der Siedlung ist?«

»Tja, dann müssen wir uns eben spontan etwas anderes einfallen lassen«, sage ich. »Notfalls drohen wir ihnen mit der Polizei. Ich würde Blümchen aber lieber ohne fremde Hilfe freibekommen. Also ...«, ich hebe meine Hand, »ich verlass mich auf dich.«

»Kannst du«, erwidert Yassi und schlägt ein. »Wir werden das schon hinkriegen.«

Als Erstes sehe ich Luis. Er lungert an der Straßenecke zum Geranienweg neben einem Hydranten herum und starrt in die entgegengesetzte Richtung. Obwohl er mich offensichtlich noch nicht bemerkt hat, widerstehe ich dem Drang, mich noch einmal nach Yassi umzuschauen und mich zu vergewissern, dass sie sich auch wirklich gut genug versteckt hält. Wenn Luis sich genau in dieser Sekunde umdreht, kann er sich nämlich gleich denken, dass ich nicht alleine gekommen bin.

Stattdessen schleiche ich mich so leise wie möglich an ihn heran.

Noch zehn Meter, noch fünf, noch zwei ...

»Buh!«, mache ich über seine Schulter hinweg.

Luis fährt zusammen und knallt mit dem Knie gegen den Hydranten.

»Aouuuh!«, jault er und wirbelt zu mir herum.

»Ich dachte, du kommt aus der anderen Richtung«, presst er mit schmerzverzerrtem Gesicht hervor und reibt sich leise stöhnend das Knie.

»Hast du dir etwa wehgetan?«, frage ich spöttisch.

»Ja, stell dir vor«, knurrt Luis.

»Tut mir echt leid«, sage ich.

Er mustert mich skeptisch, und mir fällt zum ersten Mal auf, dass seine hellen Augen einen hübschen Grünstich haben.

»Tut es nicht«, gibt Luis finster zurück.

»Tja, wieso sollte es auch?«, entgegne ich schulterzuckend. »Schließlich habt ihr meine beste Freundin entführt. Dabei hab ich eigentlich gedacht, wir wären quitt.«

»Es war Maltes Idee«, erwidert Luis.

Als ob das in irgendeiner Weise eine Rechtfertigung sein könnte!

»Wo steckt der überhaupt?«

Luis schlenkert unbestimmt mit seinem Arm herum.

»Wir treffen uns gleich.«

»Wo?«

»Wirst du schon sehen.«

»Dann ist Blümchen also hier in der Nähe?«, frage ich.

»Blümchen?« Luis grinst schief. »Du nennst Kamilla Blümchen?«

»Woher weißt du, wie sie heißt?«, stoße ich überrascht aus.

»Sie hat es uns gesagt.«

Ts! Also, ich hätte es ihnen ganz bestimmt nicht verklickert, und ich frage mich ernsthaft, was Blümchen da wohl geritten hat. Womöglich haben die beiden sie tatsächlich gefoltert! Gedroht, ihr die Haare abzuschneiden, sie nicht aufs Klo zu lassen oder ihr eine Handvoll Regenwürmer in den Mund zu stopfen. In so einem Fall hätte ich wahrscheinlich auch alles verraten.

»Wieso tut ihr das?«, frage ich mit plötzlich aufsteigender Wut. »Und wie habt ihr sie überhaupt hierhergekriegt?«

»Das kann sie dir später selber erzählen«, erwidert Luis.

»Na, freiwillig wird sie ja wohl kaum mitgegangen sein!«

Jetzt ist es Luis, der lässig mit den Achseln zuckt. »Weiß man's?«, entgegnet er trocken.

Und damit bringt er mich endgültig zur Weißglut.

»Du bist so ein Arschgesicht!«, fahre ich ihn an.

Luis zuckt zusammen, als hätte ich ihm einen Hieb verpasst.

Ich grinse in mich hinein und gebe ein zufriedenes Grunzen von mir. Geschieht ihm ganz recht. Je mehr Schmerzen er leidet, desto besser.

Mit einem Mal ertönt hinter uns ein Rascheln. Mir rutscht fast das Herz in die Hose, denn es kann eigentlich nur von Yassi stammen. Doch zum Glück verzieht Luis keine Miene. Entweder er denkt sich nichts dabei oder er hat es gar nicht gehört. Also lasse ich mir auch nichts anmerken und widerstehe ein zweites Mal dem Drang, mich umzudrehen.

Luis schiebt die Hände in seine Hosentaschen und guckt stur geradeaus, während wir den Geranienweg entlanglaufen. Anscheinend hat er entschieden, nicht mehr mit mir zu reden. Auch gut. Ich lege sowieso keinen Wert darauf, und Yassi hat mittlerweile hoffentlich ausreichend Gelegenheit gehabt, seine Stimme zu ihrer eigenen zu machen. Nur für den Notfall – versteht sich.

Der Plan, den ich geschmiedet habe, ist relativ flexibel, und sein Verlauf richtet sich in erster Linie danach, was Luis und Malte vorhaben. Yassi muss dabei natürlich genauso spontan reagieren wie ich, und wenn ihr das gelingt, könnte das eine gute Übung für den zukünftigen Umgang mit der F.A.T. sein.

Plötzlich fasst Luis mich an der Schulter. »Stopp! Da vorne ist es.«

Er deutet auf ein ziemlich unscheinbares Haus auf der anderen Straßenseite. Es ist grau mit noch graueren Fensterrahmen und einer Pergola vor dem Eingang, von der bereits die Farbe abblättert. Blumen ranken sich daran nicht herauf und auch sonst gibt es wenig Grün im Vorgarten.

»Fass mich nicht an!«, zische ich, schlage nach Luis' Hand und trete demonstrativ ein Stück zur Seite.

»Das fängt ja gut an«, grummelt er.

»Wie meinst du das?«

»Wirst du schon sehen«, sagt Luis finster.

Na toll!

»Kannst du eventuell mal eine andere CD einlegen?«, knurre ich.

»Nee, kann ich nicht«, gibt Luis bärbeißig zurück.

Er lässt einen Lieferwagen und einen blauen Kleinwagen passieren und überquert dann, ohne mich weiter zu beachten, die Straße.

»Idiot«, murmele ich und beeile mich, ihm hinterherzukommen.

Als wir das Grundstück betreten, bemerke ich Malte, der im Schatten der Pergola auf den Stufen vor der Haustür sitzt. Er steht sofort auf und schlendert uns entgegen.

»Hey«, sagt er zu Luis.

Mich sieht er gar nicht an.

»Alles klar?«, fragt Luis.

Malte zuckt die Achseln. »Wie man's nimmt.«

»Was soll das heißen?«, frage ich aufgebracht. »Was habt ihr mit meiner Freundin gemacht?«

»Nix«, sagt Malte.

»Wie nix?«, rege ich mich auf. »Also, wenn ihr denkt, dass ihr mich verarschen könnt ...«

»Ich geh dann mal«, sagt Luis.

Hallo? Irritiert schaue ich von einem zum anderen. »Und was ist mit Blümchen?«

Keiner der beiden Jungen reagiert auf meine Frage. Während Malte blöd rumsteht und mich noch immer keines Blickes würdigt, wendet Luis sich einfach ab und marschiert in dieselbe Richtung, aus der wir eben gekommen sind, davon.

»Sag mal, spinnst du oder was?«, brülle ich ihm hinterher, beiße mir jedoch sofort auf die Zunge.

Denn eigentlich kommt uns sein Verhalten sehr entgegen.

Alles bestens, lauf weiter!, denke ich also und wende mich dann Malte zu. »Heraus mit der Sprache!«, fordere ich ihn auf. »Wo habt ihr Kamilla hingeschleppt?«

»Sie ist hier im Haus«, erwidert er und deutet über seine Schulter hinweg zur Eingangstür.

»Gut. Okay«, sage ich. »Dann lass sie jetzt bitte raus und wir vergessen diesen kleinen Zwischenfall.«

»So einfach ist das nicht«, gibt Malte zurück. Endlich sieht er mich an. Seine Augen sind dunkler als die von Luis und eher grau als blau oder gar grün. Und noch immer trägt er seine bescheuerte Olauku-Frisur.

»Ihr stellt also eine Bedingung für ihre Freilassung?«, frage ich.

Malte nickt. »Genau.«

Ich kreuze die Arme vor der Brust und recke mein Kinn heraus, um sowohl Ablehnung als auch Überlegenheit zu demonstrieren.

»Und die wäre?«

Malte fasst sich an die Nase und schielt an mir vorbei.

»Hallo!«, rufe ich und wedele vor seinem Gesicht herum. »Bist du taub?«

Anstatt mir zu antworten, beginnt er nun mit der Sohle seines olivgrünen Sneakers über den Boden zu scheuern.

»Muss ich etwa hier ausharren, bis du die Gehwegplatten abgetragen hast?«, knurre ich.

»Nee, was anderes.«

»Und was?«

»'n Kuss.«

Für ungefähr zehn Sekunden erleide ich einen Atemstillstand. Dann kratze ich mir ein »Wie bitte?« aus dem Hals.

»Weißt du nicht, was 'n Kuss ist?«, entgegnet Malte.

»Doch, aber ...«

»Wenn du willst, dass Kamilla freikommt, musst du mich küssen«, sagt er, während er wie ein Hirnamputierter auf meine verschränkten Arme glotzt.

»Nee«, sage ich.

In diesem Fall nehme ich dann doch lieber die Regenwürmer.

»Auf den Mund«, setzt Malte hinzu, als hätte er mein glasklares Nein nicht gehört. »Und mit Zunge.«

»Ganz sicher nicht«, stoße ich hervor.

Mein Herz rast und meine Ohren glühen. Ich kann mich nicht erinnern, jemals so wütend gewesen zu sein.

»Du musst ja wissen, was dir deine Freundin wert ist«, sagt Malte.

Er guckt mir auf den Mund und schließlich in die Augen. Seine Wangen sind ungefähr so rot wie eine Tomatenplantage.

»Was bildest du dir eigentlich ein!«, fahre ich ihn an.

»Ich hab mir ja gleich gedacht, dass du dich nicht traust«, gibt er schulterzuckend zurück.

»Ts! Was hat denn das mit Trauen zu tun?«, blaffe

ich. »Ich küsse keine Jungs, sondern nur Leute, die ich mag. Und schon mal gar nicht mit Zunge! Wenn du Blümchen nicht sofort freilässt, gehe ich zur Polizei. Dann wirst du schon sehen, wie schnell sie draußen ist. Und zwar hundertprozentig ohne so eine kranke Küsserei!«

»Dann geh doch«, erwidert Malte. Er wendet sich ab und hockt sich wieder auf die Eingangsstufen. »Die glauben dir sowieso nicht.«

»Und wie die das tun werden«, behaupte ich. »Ich kenne die nämlich persönlich.«

Was ja nicht einmal gelogen ist.

Maltes Augen funkeln. Er streicht sich durch das Ola, das garantiert nur mit Hilfe eines halben Liter Haarsprays so steil über seiner Stirn hochsteht. Leider wirkt diese Geste trotzdem irgendwie lässig. »Worauf wartest du denn noch?«

Mist! Mist! Mist!

Ich weiß, dass ich meine Drohung wahrmachen muss, und zwar sofort. Das Dumme ist nur: Ich fürchte, dass Malte recht haben könnte und die Beamten auf der Polizeiwache sich tatsächlich nicht um mein Problem kümmern werden, weil sie es für Kinderkram halten oder weil sie schlicht und ergreifend Wichtigeres zu tun haben.

Ich überlege, ob ich Oma Brille um Hilfe bitten oder vielleicht sogar Blümchens Eltern anrufen soll, aber irgendwie ist mir selbst das zu blöd. Außerdem frage ich mich, warum Luis so mir nichts, dir nichts abgedampft ist ... wo er hin ist ... und warum Yassi nicht endlich loslegt.

»Hilfe!«, erschallt es genau in dieser Sekunde aus der Ferne. »Hilfeee!«

Ich erstarre.

Blümchens Stimme klingt aber auch so was von verdammt echt! Ich bilde mir sogar ein, die blanke Panik heraushören zu können.

»Was habt ihr mit ihr gemacht?«, hauche ich.

Maltes Augen werden riesig groß.

»Nichts«, stammelt er. »Gar nichts. Ich schwöre, sie ist da drin und ...« Er bricht ab, schüttelt den Kopf und rauft sich die Haare. Dabei rutscht die Spitze des Ola ein Stück nach rechts, sodass das Ganze nun aussieht wie der schiefe Turm von Pisa. »Das kann nicht sein«, murmelt er und springt auf.

Er pfriemelt einen Schlüssel aus seiner Hosentasche hervor und schiebt ihn ins Haustürschloss.

Yes!, jubele ich.

Da brüllt Luis mit einem Mal los: »Malteee! Beeil dich! Du musst mir helfen!«

Oh nein, Yassi, das war ein Fehler, denke ich verzweifelt. Nur eine Sekunde später und Malte hätte die Tür geöffnet. Ich wäre an ihm vorbeigestürmt und hätte Blümchen befreit. Gemeinsam wären wir todsicher mit ihm fertiggeworden.

Aber woher soll Yassi das auch wissen! Sie wird mindestens hundert Meter von hier entfernt sein und hat wahrscheinlich gar keinen Einblick in dieses Grundstück. Dass Luis sich vom Acker gemacht hat, muss sie aber mitbekommen haben, sonst hätte sie nämlich garantiert nicht seine Stimme imitiert.

Malte wirbelt herum. Sein Blick fliegt zur Straße und gleitet suchend über die Nachbargärten.

»Luis!«, ruft er. »Was ist los? Wo bist du?«

»Hier!«, ruft Yassi-Luis. »Gegenüber von Nummer dreiundsiebzig.«

»Lass mich los, du Blödmann!«, kreischt Yassi-Blümchen.

Wow!, wieder einmal bin ich hin und weg von Yassis unglaublichem Talent. Und gleichzeitig überlege ich fieberhaft, wie ich Malte davon abhalten kann, wegzurennen, ohne vorher die Tür aufzuschließen.

»Glaub dem kein Wort!«, schreit Luis jetzt, und diesmal kommt seine Stimme aus einer völlig anderen Richtung. »Ich bin das nicht.«

Ich erstarre abermals. Und deshalb reagiere ich auch entschieden zu spät, als Malte die Stufen hinunter und an mir vorbeistürmt.

Mein erster Reflex ist es, ihm zu folgen. Aber dann besinne ich mich eines Besseren. Ich drehe mich noch mal um, sehe zur Tür – und bemerke den Schlüssel.

Juhuuu! Malte, dieser Döskopp, hat ihn doch tatsächlich stecken lassen!

Mit einem Satz erklimme ich die Stufen, schließe die

Tür auf und schiebe den Schlüssel in meine Hosentasche, während ich meinen Fuß vorsichtig über die Schwelle setze. Die hohen Wände eines schmalen dunklen Flurs umfangen mich und von irgendwoher strömt mir ein köstlicher Duft nach Pflaumenkuchen entgegen. Ich taste nach einem Lichtschalter, finde aber keinen.

»Blümchen?«

Meine Stimme klingt furchtbar krächzig und viel zu leise. Schritt für Schritt tappe ich vorwärts dem Pflaumenkuchenduft entgegen. Es ist ein seltsames Gefühl, in einem fremden Haus umherzuschleichen, aber ich kämpfe energisch dagegen an.

Sowohl gegenüber am Ende des Flurs als auch zwischen einer Garderobe und einem Wandschrank befindet sich eine Tür. Auf der anderen Seite führt eine steile Holztreppe nach oben. Ich überlege kurz und entscheide, meine Suche im Erdgeschoss zu beginnen. Entschlossen lege ich meine Hand auf die erste Klinke und drücke sie runter. Doch nichts passiert. Die Tür neben der Garderobe ist abgeschlossen.

Verdammt!

Mit angehaltenem Atem lege ich mein Ohr gegen das Türblatt und lausche. Doch alles, was ich vernehme, ist – nichts. Moment mal … War da nicht ein leises Klackern zu hören? So als ob Finger über eine Computer-Tastatur huschten?

»Blümchen?«

Meine Stimme ist nur noch ein Hauch. Die Angst,

dass Malte und Luis jeden Augenblick zurückkommen könnten, drückt mir so schwer auf die Kehle, dass ich kein Wort in normaler Lautstärke herauskriege.

Nicht auszudenken, wenn die Jungs mir den Schlüssel wegnehmen und mich ebenfalls einsperren! Dann wäre Yassi allein mit diesem Problem und stünde wahrscheinlich vor der Herausforderung ihres Lebens.

Jetzt reiß dich mal zusammen, Lilly, ermahne ich mich. Dies hier ist doch keine große Sache. Wär ja wohl gelacht, wenn wir das nicht geregelt kriegen.

»Blümchen!«, rufe ich noch einmal, und jetzt ist meine Stimme wieder da. Gleichzeitig klopfe ich mit den Fingerknöcheln gegen die Tür. »Blümchen? Bist du da drin?«

Das Klackern verstummt. Für ein paar quälend lange Sekunden herrscht angespannte Stille, dann ertönen leise Schritte, die sich langsam nähern.

»Lilly?«

»Blümchen!«, rufe ich.

Mindestens zehn Kilo Steine purzeln mir vom Herzen. Doch meine Freude und Erleichterung wird sofort wieder gedämpft.

»Die Tür ist abgeschlossen«, sagt Blümchen.

»Ich weiß.«

Da kommt mir eine Idee. »Kannst du nicht durchs Fenster rausklettern?«

»Das hätte ich längst getan«, erwidert sie. »Wenn Malte nicht die Außenjalousien heruntergelassen hätte.«

»So ein Mist! Was machen wir denn jetzt?«

Vielleicht wäre es ja doch das Beste, wenn ich Blümchens Eltern anrufe. Garantiert würden die Jungs einen Einlauf verpasst bekommen, der sich gewaschen hat, und der ständige Ärger, den wir mit ihnen haben, wäre ein für alle Mal vorbei. Aber verrückterweise will ich das gar nicht. Erstens ist dies hier keine Erwachsenenangelegenheit, sondern ganz allein Blümchens, Yassis und meine Sache. Und außerdem würde ich mich doch mies fühlen, wenn Luis und Malte meinetwegen Stress kriegten.

Während mir all dies durch den Kopf geht, entfernen sich im angrenzenden Raum Blümchens Schritte.

»Was machst du denn da?«, rufe ich. »Was hast du vor?«

Meine Freundin antwortet nicht. Stattdessen höre ich ein metallisches Quietschen und kurz darauf ein Poltern.

»Blümchen!«

Ich sehe noch einmal zur Haustür, die ich sperrangelweit offen gelassen habe, und versichere mich, dass Malte und Luis noch nicht zurück sind, dann renne ich los.

Ich stürze zur anderen Tür am Ende des Flurs, in die oben zwei kleine quadratische Milchglasscheiben eingelassen sind, durch die ein fahles Licht dringt. Zum Glück ist sie nicht verriegelt.

Ich stoße sie auf und durchquere eine geräumige

Diele, in der es neben einem hohen Wandspiegel und einer Vitrine jede Menge weiterer Türen gibt.

Himmel noch mal! Das ist ja wie bei Alice im Wunderland, durchzuckt es mich, da bemerke ich, wie sich rechts von mir eine Klinke langsam nach unten bewegt.

»Blümchen?«, frage ich. »Bist du das?«

Im nächsten Moment fliegt die Tür auf und drei Sekunden später baumelt Blümchen an meinem Hals.

»Oh, Lilly! Ich bin ja so froh, dass du da bist!«, quiekt sie und pflastert mein Gesicht mit Küssen. »Das war die Hölle!«, stöhnt sie. »Aber irgendwie auch cool.«

Ich glaub, mit meinen Ohren stimmt was nicht.

»Wie kann man es denn cool finden, wenn man gefangen gehalten wird?« Empört mache ich mich von ihr los. »Noch dazu von zwei solchen Oberidioten!«

»Ach, die beiden waren eigentlich ganz okay«, meint Blümchen abwinkend. »Ich durfte den ganzen Tag am Computer sitzen und habe ohne Ende Pflaumenkuchen gefuttert.«

»Na super«, brumme ich. »Warum bleibst du dann nicht gleich hier? Wenn es so toll ist!«

»Weil ich so langsam mal nach Hause muss«, erwidert sie und späht neugierig in den Flur. »Wo sind deine beiden Oberidioten überhaupt?«

Meine? – Das wüsste ich aber! Doch darüber – und über so einiges andere – können wir uns auch später noch unterhalten. Jetzt sollten wir erst mal schauen, dass wir Land gewinnen.

»Yassi hat sie weggelockt«, erkläre ich Blümchen, während ich sie hinter mir her in Richtung Haustür zerre. »Wir können nur hoffen, dass sie ...«

Weiter komme ich nicht, denn just in diesem Moment platzen sie ins Haus. Malte und Luis.

Kacke! Kacke! Kacke!

Blümchen und ich bleiben wie zur Säule erstarrt stehen und sehen uns an. *Was jetzt?*

»So haben wir aber nicht gewettet«, knurrt Luis und baut sich breitbeinig vor uns auf.

»Ihr seid doch selber schuld, wenn ihr einfach abhaut!«, knurre ich zurück. »Meint ihr etwa, wir setzen freiwillig Schimmel an?«

»Ich möchte mein Pfand«, sagt Malte. »Und den Schlüssel.«

»Ph«, mache ich. »Hol ihn dir doch!«

Blümchen kneift die Augen zusammen. »Was für ein Pfand?«

»Das willst du nicht wissen«, brumme ich.

»Irrtum«, entgegnet sie. »Und wie ich das will!«

»Okay«, sage ich. »Aber wenn dir schlecht wird und du dich hier über den guten Holzboden erbrechen musst ...«, ich werfe Malte einen provozierenden Blick zu, »dann ist das echt nicht mein Problem.«

»Jetzt rück schon raus damit«, verlangt Blümchen.

»Dieser Hirnamputierte von einem Oberidioten wollte, dass ich ihm meine Zunge in den Mund stecke«, sage ich und richte meinen Finger auf Malte.

»Was?« Blümchen prustet in ihre Hand.

»Lieber fresse ich eine Schüssel voller Regenwürmer«, presse ich hervor.

»Das kannst du haben«, erwidert Malte, der wieder dunkelrot angelaufen ist.

Er und Luis hechten auf mich zu und packen mich an den Armen.

»Ihr Blödmänner!«, kreischt Blümchen und trommelt auf Luis' Rücken ein. »Lasst sie sofort wieder los, oder ...«

»Oder was?«, zischt Malte.

»Ramme ich dir mein Gebiss in den Hintern!«, schnaubt Blümchen.

Auch ihre Wangen glühen und ihre veilchenblauen Augen leuchten vor Übermut. So aufgedreht habe ich sie schon lange nicht mehr erlebt.

»Das überleg dir besser noch mal«, keuche ich, während ich wie verrückt an meinen Armen zerre, doch leider haben die beiden *Oberidioten* mich fest im Griff. »Das ist nämlich der Hintern eines Jungen.«

»Macht sie sowieso nicht«, tönt Luis.

Aber da hat er sich gründlich geschnitten, denn nur einen Atemzug später hat Blümchen ihm bereits in die Schulter gebissen.

»Ooarrr!«, stöhnt er, lässt meinen Arm los und wirbelt zu ihr herum. »Spinnst du jetzt total, oder was?«

»Jedenfalls sitzt der Hintern bei dir ziemlich weit oben«, spotte ich und schaffe es, mich mit einem kräftigen Ruck auch aus Maltes Umklammerung zu befreien.

Da erschallt vor dem Haus eine zornige Männerstimme. »Was ist denn hier für ein Lärm?«, poltert sie. »Muss ich etwa die Polizei rufen?«

»Scheiße, das ist der Worscheidt«, stößt Malte aus.

Die beiden Jungen sehen sich alarmiert an. Für einen Moment verharren sie in ihrer Bewegung, und das nutzen wir natürlich aus.

Blümchen und ich pesen los, stürzen förmlich ins Freie und rennen Yassi fast über den Haufen.

Jakob und Jonas und der Dritte im Bunde

Um zehn nach sieben sitzen Blümchen und ich endlich in der U-Bahn. Oma Brille hat uns noch rasch ein paar Brote geschmiert und eine Schüssel Schokoladenpudding gekocht, den wir ausnahmsweise glühend heiß genießen durften.

Ich hätte sie gerne noch einmal nach Großtante Elfriede gefragt, aber in Yassis und Blümchens Gegenwart wollte ich das dann doch nicht tun. Im Gegenzug erwähnte Oma Brille auch meinen vormittäglichen Auftritt mit keinem Wort. Nicht einmal, nachdem ich zu Hause angerufen hatte, um Mama zu erklären, aus welchem Grund ich unangekündigt nach Wittenfeld geraten war.

»Das ist ziemlich ausgefuchst von Yassi gewesen«, meint Blümchen und wirft lachend ihren Kopf gegen die Rückenlehne. »Einfach die Stimme irgendeines Nachbarn nachzumachen!«

»Das war sogar richtig genial«, sage ich stolz. »Noch dazu hat es bestens funktioniert.«

Luis und Malte haben sich nämlich gar nicht mehr

aus dem Haus getraut, sodass wir in aller Seelenruhe flüchten konnten.

Was ich allerdings noch immer nicht verstehe, ist, wieso Blümchen sich überhaupt von ihnen verschleppen ließ. Und vor allem: Was sie an dieser Gefangenschaft so cool fand.

»Na ja«, druckst sie. »Zu Hause darf ich höchstens mal für eine Stunde an den PC.«

»Das ist kein Grund«, entgegne ich. »Jedenfalls kein ausreichender. Luis und Malte sind immerhin unsere Erzfeinde.«

»Ich war eben sauer auf dich, weil du heute Morgen so stinkig warst und einfach weggerannt bist«, gibt sie zurück. »Und plötzlich waren die beiden da, haben sich bei mir untergehakt und mich zum Umkehren gezwungen.«

»Gezwungen!« Ich tippe mir an die Stirn. »Wie denn das? Hast du dich etwa nicht gewehrt?«

»Klar hab ich das«, erwidert Blümchen. »Und die Leute haben auch ganz schön blöd geguckt. Aber denkst du, irgendjemand hätte etwas gesagt? Oder gemacht?« Sie schüttelt den Kopf. »Nee. Nix.«

»Ach, und weil dir keiner geholfen hat, hast du dich eben kidnappen lassen?«, entgegne ich.

»Ja, stell dir vor!«, sagt Blümchen. »Ich fand's sogar irgendwie spannend.«

Na super! »Und dass ich mir schreckliche Sorgen gemacht habe, ist dir wohl völlig egal?«

»Natürlich nicht«, entgegnet meine Freundin zerknirscht. »Und es tut mir auch leid. Heute Morgen hab ich da einfach nicht drüber nachgedacht.«

»Du hättest mir wenigstens eine Nachricht schicken können«, werfe ich ihr vor.

»Das ging nicht«, sagt Blümchen. »Luis und Malte haben mir das Handy weggenommen. Ich durfte nur eine einzige SMS versenden. An meinen Vater. Darin musste ich schreiben, dass ich nach der Schule mit dir nach Wittenfeld fahre und erst abends nach Hause komme. Na ja, zumindest wusste ich da, dass sie mich nicht über Nacht festhalten würden«, setzt sie schulterzuckend hinzu.

Logisch. »Weil Maltes Eltern natürlich ebenfalls irgendwann heimgekommen wären und dich entdeckt hätten«, gebe ich zurück. »Dein Handy haben sie übrigens benutzt, um mich noch mehr zu beunruhigen und mir etwas später dann einen Treffpunkt mitzuteilen«, erzähle ich und schildere Blümchen anschließend, wie es mir den ganzen Tag über ergangen ist. Ich lasse weder die Geschichte mit Jonas aus noch das Theater mit Herrn Cornils. Nur die Sache mit meiner mysteriösen Großtante behalte ich für mich. Erstens möchte Oma Brille nicht, dass ich darüber spreche, und zweitens würde ich diese Dame und ihren blöden Pinscher ohnehin am liebsten aus meinem Leben streichen.

»Wir hatten also beide unfreiwillig schulfrei«, meint Blümchen grinsend.

»Während Luis und Malte wohl geschwänzt haben«, sage ich. »Sie hätten es verdient, wenn sie dafür richtig Ärger kriegen!«

»Hmhm.« Blümchen nickt. »Und diese ganze Aktion nur wegen eines Kusses!« Wieder lacht sie auf. »Ich hätte nie gedacht, dass Malte auf dich steht! Ich meine, Luis hat dir doch diese komischen SMS geschickt.«

»Apropos!«, lenke ich schnell vom Thema ab. »Hast du eigentlich dein Handy zurückbekommen?« Ich habe nämlich nicht die geringste Lust, übers Küssen oder über Luis' bescheuerte Leer-Nachrichten zu reden.

Wieder nickt Blümchen. »Kurz bevor sie das Haus verlassen haben, haben sie es mir zurückgegeben.«

»Was hat eigentlich so fürchterlich gepoltert, kurz bevor du dich befreien konntest?«, erkundige ich mich weiter.

»Ach, die Jungs hatten einen Besen unter die Klinke geklemmt«, erklärt meine Freundin. »Ich war in so einer Art Wohnzimmer eingesperrt, das zwei Durchgänge hatte. Eine Tür ging zum Hausflur raus und die haben sie abgeschlossen. Die andere führte zum Esszimmer und ließ sich offenbar nicht richtig zusperren.«

Alles klar! »Und deshalb haben sie die Klinke mit einem Besen gesichert!«

»Die Blödmänner hätten lieber mal einen Stuhl nehmen sollen«, meint Blümchen und tippt sich an die Schläfe. »Mit dem Besen bin ich nämlich problemlos fertiggeworden.«

»Und sonst?«, frage ich. »War es nicht langweilig, den ganzen Tag durchs Internet zu surfen?«

»Überhaupt nicht!«, platzt es aus ihr heraus. Gleich darauf schlägt sie sich die Hand vor den Mund, lächelt blöde und druckst herum.

Ich mustere sie irritiert. »Was ist denn jetzt wieder los?«

»Ach ... na ja ... Ich hab mich in einem Chat angemeldet und da habe ich dann ...« Sie bricht ab, schließt die Augen und holt einmal tief Luft, bevor sie sie wieder öffnet. »... jemanden kennengelernt.«

Einen Moment lang stehe ich auf der Leitung, schließlich sind diese Chats ja genau dazu da, doch mit einem Schlag wird es taghell in meinem Oberstübchen.

»Du meinst, einen Jungen?«, vergewissere ich mich.

»Ja ... Aber es ist überhaupt nicht so, wie du denkst!«

»Was denke ich denn?«, frage ich verwundert.

Genau genommen bin ich noch gar nicht dazu gekommen, meine Gehirnzellen auf diese Neuigkeit einzustimmen.

»Du musst Malte und Luis einfach mal komplett vergessen«, sagt Blümchen.

»Kein Problem.«

»Und jetzt schau!« Mit einer theatralischen Geste zieht Blümchen ihr Handy hervor und hält es mir unter die Nase. »Tataaa!«

Vom aufleuchtenden Display grient mir ein Jungengesicht entgegen. Der Typ ist eindeutig älter als Malte und Luis und die Jungs aus unserer Klasse. Er hat dunkelblonde Wuschelhaare und strahlend weiße Zähne, und er sieht aus wie eine Mischung aus Daniel Radcliffe und Justin Bieber.

»Süß, oder?«

Ich starre meine Freundin an, als sähe ich sie zum ersten Mal, und weiß nicht recht, ob ich lauthals loslachen oder doch lieber gleich heulen soll. »Ähm ... was?«

Okay, also Harry Potter finde ich auch cool (Harry Potter, nicht Daniel Radcliffe!), aber Justin Bieber ist nun wirklich alles andere als süß.

»Hör mal, Blümchen«, fahre ich hastig fort, in der Hoffnung, sie wieder zur Vernunft zu bringen, »Katzenbabys sind süß und klitzekleine Schmetterlinge ...«

»Ja, aber Jake ist auch noch richtig nett«, unterbricht sie mich.

»*Jake*?«

»Na ja, eigentlich heißt er Jakob, aber ...«

Diesmal falle *ich* ihr ins Wort. »Garantiert nicht!«

»Wieso?«, erwidert sie irritiert. »Das kannst du doch gar nicht wissen.«

»Doch, kann ich«, behaupte ich. »Die Leute, die sich in diesen Chats tummeln, verwenden nämlich nie ihre richtigen Namen.«

»Jakob schon«, beharrt Blümchen.

»Und sie sagen auch nie die Wahrheit über sich«, setze ich hinzu.

»Das ist doch Quatsch«, regt meine Freundin sich auf. »Außerdem hast du noch nie gechattet.«

Stimmt. »Aber Jackie«, entgegne ich. »Sie macht das jeden Tag. Sie nennt sich *Bitchwitch* und lügt jedem, der es hören oder lesen will, das Blaue vom Himmel herunter.«

»Ach, und das hat sie dir erzählt?«, fragt Blümchen erstaunt.

»Natürlich nicht.«

»Okay, und woher weißt du es dann?«

Blümchens Stimme bohrt sich wie ein spitzer Pfeil in meine Brust und mit einem Mal fühle ich mich schrecklich unbehaglich.

»Na ja ...«, beginne ich mit meinem Geständnis. »Ich schleiche mich manchmal in Jackies Zimmer, wenn sie aufs Klo geht oder so ... Meistens ist ihr Laptop an ... und da habe ich dann eben das eine oder andere gelesen.«

»Pfff!«, macht Blümchen und noch einmal: »Pfff!«

»Mir ist selber klar, dass das nicht okay ist«, beeile ich mich zu sagen. »Und mittlerweile mache ich es auch nicht mehr.«

»Gut.« Meine Freundin gibt einen zufriedenen Grunzlaut von sich. »Das Allersensationellste hast du ja sowieso ganz ohne Internetspionage herausgefunden«, meint sie grinsend. »Sagst du es ihr heute noch?«

»Klar«, erwidere ich mit einem breiten Lächeln.

Garantiert wird Jackie völlig aus dem Häuschen sein.

Ob Jonas es wirklich ehrlich mit ihr meint, muss sie allerdings selbst herausfinden.

Während ich mir vorstelle, wie sehr meine große Schwester mich für diese Glücksbotschaft lieben wird, grient Blümchen ihr Handy an – besser gesagt das Foto von Jakob Biebercliffe, und plötzlich stutze ich.

»Sag mal, wie kommt eigentlich sein Foto auf dein Handy?«

Als hätte ich sie bei etwas Verbotenem ertappt, zuckt Blümchen zusammen. »Äh … das hat er mir geschickt, weil … Also, wenn ich wieder zu Hause bin, kann ich ja nur noch eine Stunde am Tag mit ihm chatten.« Sie sieht mich halb schuldbewusst, halb flehend an. »Da haben wir eben unsere Handynummern getauscht.«

»Wow«, sage ich. »Dann hat Jakob-popa-kob also auch ein Foto von dir?«

Blümchen schüttelt energisch den Kopf. »Bist du verrückt! Außerdem heißt er nicht Jakob-popa-kob!«

Ja, ja.

»Und das findet er okay?«, hake ich nach.

»Wieso? Er hat ja eins bekommen.« Blümchen zwinkert mir zu. »Allerdings nicht von mir.«

»Sondern?«

»Von irgendeinem Mädchen, das hübsch aussieht. Im Internet gibt es ja jede Menge tolle Bilder.«

»Du bist total plemplem«, brumme ich und mache eine eindeutige Handbewegung vor meiner Stirn, was meine Freundin jedoch überhaupt nicht zu stören scheint.

»Das gleiche Bild habe ich auch für den Chat genommen«, erklärt sie freimütig.

»Aha«, sage ich und neige mich ihr entgegen. »Und unter welchem Namen findet man dich da?«

»Unter Kamilla natürlich.«

Natürlich. Dabei wäre *Blümchen* in diesem Fall wirklich eine *süße* und, wie ich finde, auch durchaus akzeptable Alternative gewesen.

»Aber *ich* soll BDs und Luis' SMS sofort löschen, ja?«, beschwere ich mich.

»Das ist ja wohl was völlig anderes«, entgegnet Blümchen. »Björn-Dakota, Luis und Malte sind tote Kekse.«

Ach so. Und Jakob ist dann wohl der Lebkuchen.

Klasse, Lilly, denke ich bei mir. *Den* Spruch hättest du tatsächlich nicht in deine Box stecken sollen.

»Übrigens war BD heute auch nicht in der Schule«, sage ich.

Blümchen stößt einen Schwall Luft aus. »Na und!«

»Yassi und ich und ein paar andere dachten, dass ...«

Ich muss nicht weitersprechen, denn meine Freundin hat sofort begriffen, worauf ich hinauswill.

»Nee, oder?«, pflaumt sie mich an. »Ihr seid echt so was von total bescheuert!«

Sie springt von ihrem Platz hoch und flitzt zur Tür. Ich hechte ihr hinterher, denn ich habe keine Lust, sie heute noch einmal aus den Augen zu verlieren.

Die U-Bahn bremst und rollt in unsere Station ein.

»Das mit Jakob ist schon okay«, wispere ich ihr ins Ohr.

»Ja«, sagt Blümchen und lehnt sich selig lächelnd an meine Schulter. »Endlich ist wieder mal was richtig Cooles passiert.«

Genau in dem Moment, als ich unsere Haustür erreiche, dudelt mein Handy los. Ich pfriemele es aus meiner Jackentasche hervor und erkenne Yassis Nummer auf dem Display.

»Ich hab ganz vergessen, euch was zu erzählen«, überfällt sie mich, kaum dass ich die Verbindungstaste gedrückt habe. »Unser neuer Direktor will die Projektwoche ins Wasser fallen lassen.«

»Und deswegen rufst du extra an?«, gebe ich zurück. »Ehrlich, Yassi, das ist mir gerade echt egal.«

»Dann pass mal auf«, erwidert sie. »Das gilt nämlich nur für die Klassen fünf bis sieben.«

»Was?«

Ich verstehe nicht gleich. Bevor ich jedoch nachhaken kann, fährt Yassi bereits fort: »Und es gibt *noch* eine Ausnahme: Marie. Sie darf trotzdem mitmachen. Als Einzige. Weil sie so ein Mathegenie ist. Die Projektwoche steht in diesem Jahr nämlich unter einem besonderen Motto: Fünfzig Jahre im Geiste von Wissenschaft und hohen Künsten.«

»Hä?«, mache ich, dann fällt es mir ein. »Na klar, unsere Pappelschule feiert in diesem Jahr Geburtstag!«

»Und dafür sind die Schüler zwischen zehn und zwölf ... Hand aufs Herz ... noch zu jung«, bombardiert Yassi mich mit Direktor Handteherz' Knödelstimme weiter.

»Hat er das gesagt?«, frage ich, während ich meine Schuhe ausziehe und unter die Garderobe schiebe. »Dieser komische Pferdeapfel?«

»Was?«, erwidert Yassi leise lachend. »Wie nennst du ihn?«

»Pferdeapfel«, sage ich. »Ich finde nämlich, dass er genau so aussieht ... in seinem dämlichen grauen Anzug und mit diesem Gesicht, das man sich nicht merken kann.«

»Ja, er ist komisch«, bestätigt Yassi. »Ich bin sehr froh, dass Frau Traube-Bömmelein nicht für immer weggeht.«

»Hmm, ich auch. Du warst übrigens toll heute«, fahre ich fort. »So wie du Malte und Luis an der Nase herumgeführt hast! Vor Akin, Tarik und Fuat brauchst du dich jedenfalls nicht mehr zu fürchten.«

»Lass die drei bitte aus dem Spiel«, gibt Yassi mit ernster Stimme zurück. »Das ist eine Familienangelegenheit.«

Schon klar.

»Trotzdem musst du dir nicht alles gefallen lassen.«

Yassi antwortet mit Schweigen, was ich beunruhigend

und ziemlich frustrierend finde. Aber ich weiß auch, dass ich sie heute Abend ganz bestimmt nicht mehr von meiner Ansicht überzeugen werde.

»Wir reden morgen weiter, ja?«, sage ich deshalb also schnell und so fröhlich wie möglich. »Über diese Projektsache und den Pferdeapfel.«

»Okay.« Yassi klingt erleichtert. »Übrigens: Ich wollte deinen Rucksack eigentlich mit nach Hause nehmen und zu deiner Oma bringen. Aber Frau Schönerscheidt hat es nicht erlaubt. Sie hat ihn konfisziert.«

»Konfi... was?«

»Einkassiert«, sagt Yassi.

Na toll. Wie ich meine Klassenlehrerin kenne, bedeutet das nämlich garantiert nichts Gutes.

Natürlich fällt auch Mama sofort auf, dass ich meinen Rucksack nicht dabeihabe. Just in dem Moment, als ich das Gespräch mit Yassi beendet habe und das Handy in meine Gesäßtasche stecken will, taucht sie in der Wohnzimmertür auf.

»Da bist du ja endlich!«, begrüßt sie mich. Sie kommt auf mich zu, streicht mir eine Locke aus dem Gesicht und betrachtet mich stirnrunzelnd. »Geht es dir wirklich wieder gut, Schätzchen?«

»Bestens«, sage ich und drücke ihr einen Kuss auf den Mund.

»Hast du deine Sachen bei Oma Brille vergessen?«, erkundigt sie sich.

»Nee, der Rucksack ist noch in der Schule ... Tut mir leid, dass ich nicht schon heute Vormittag angerufen habe«, beeile ich mich, hinzuzufügen. »Aber mir war so schlecht. Und später hab ich dann nicht mehr dran gedacht.«

Oh Mann, diese Schwindelei fällt mir wirklich alles andere als leicht.

»Deine Großmutter hätte ja auch dran denken können«, meint Mama seufzend. »Aber na ja, Hauptsache, mit dir ist alles in Ordnung.«

»Ist es«, versichere ich ihr. »Ich bin bloß ein bisschen geschafft.«

»Aha?« Die Falte auf ihrer Stirn vertieft sich. »Und wovon?«

Das ist eine gute Frage. Um sie wahrheitsgemäß zu beantworten, müsste ich genau das erzählen, was ich eigentlich verschweigen will, beziehungsweise soll, nämlich die Geschichte von Blümchens Verschwinden und das mysteriöse Auftauchen von Großtante Elfriede.

»Ach, es wohnen zwei total bescheuerte Jungs in der Siedlung«, erzähle ich in der Hoffnung, dass meine Mutter sich mit dieser Erklärung zufriedengibt. »Die haben ziemlich genervt. Und dann gab es auch noch Ärger mit Oma Brilles Nachbarn.«

»So?« Dummerweise sieht Mama alles andere als beruhigt aus. »Wie darf ich denn das verstehen?«

»Ja, also ...«, beginne ich. »Herr Semmelfein hat ständig gebellt.«

»Tatsächlich?« Meine Mutter schüttelt ungläubig den Kopf.

»Na ja, du weißt ja, wie alt er ist und dass er nicht mehr gut hört«, entgegne ich hastig.

»Genau. Und deshalb bellt er eigentlich viel weniger als früher«, sagt Mama und mustert mich nun noch eindringlicher.

Die unausgesprochenen Worte *da stimmt doch was nicht* stehen so deutlich zwischen uns, dass ich mir einbilde, sie greifen zu können.

»Weißt du was, Süße«, meint Mama plötzlich. »Setz dich doch noch einen Augenblick zu uns ins Wohnzimmer.«

Oje! Das klingt verdammt nach Krisensitzung. Ich gebe mir jedoch Mühe, mir nichts von meinem Unbehagen anmerken zu lassen, und sage munter: »Ja, klar. Ich hol mir nur noch schnell was zu trinken.«

»Nicht nötig«, erwidert meine Mutter, legt mir ihren Arm um die Schultern und schiebt mich sanft, aber bestimmt den Flur entlang. »Es steht schon alles bereit.«

Verstehe. Meine Eltern haben das Verhör offenbar von langer Hand geplant. Ich werde also genau aufpassen und mir sehr gut überlegen müssen, was ich antworte.

Papa hat es sich auf dem Sofa bequem gemacht. Als Mama und ich ins Zimmer treten, lässt er die Motorradzeitschrift sinken, in der er gerade gelesen hat.

»Hallo, Schätzchen.« Ein Lächeln huscht über sein Gesicht. »Was hört man denn da für Sachen?«

»Äh, wieso?«, frage ich, sinke vor dem Wohnzimmertisch auf den weinroten Lederpouf und greife nach der Orangensaftflasche.

»Na, dass dir heute Morgen in der Schule aus heiterem Himmel schlecht geworden ist«, entgegnet er.

»Und?«, sage ich schulterzuckend. »So was kann doch mal passieren. Oder nicht?«

»Sicher.« Mein Vater setzt sich aufrecht hin und rückt die Kissen hinter sich zurecht. »Wir würden nur gerne sichergehen, dass es keine seelischen Ursachen hat.«

»Seelische Ursachen? Was denn für *seelische* Ursachen?«

Ich nehme mir eins der Gläser, die auf dem kleinen Holztablett in der Mitte des Tisches stehen, und fülle es mit Saft.

»Zum Beispiel, weil du dich überfordert fühlst«, antwortet meine Mutter an seiner Stelle. »Oder mit einem deiner Lehrer nicht zurechtkommst.«

»Quatsch«, sage ich. »Wir haben zwar einen neuen Direx und Frau Schönerscheidt ist genauso blö... ähm, seltsam wie immer, aber das ist ja nix Neues.«

Mama nickt. Mittlerweile sitzt sie mir in einem der beiden Sessel gegenüber.

»Oma Brille hat erzählt, dass dich eine Lehrerin in ihrem Auto nach Wittenfeld gebracht hat«, meint sie. »Ehrlich gesagt, finde ich das ziemlich ungewöhnlich.«

»Überhaupt nicht«, halte ich dagegen. »Frau Tiffert ist ja noch Referendarin. Sie hat es mir angeboten, was ich total nett fand. Genauso gut hätte ich natürlich auch mit der U-Bahn fahren können.«

Papa schaut mich an wie ein Motorrad, von dessen Verkehrstauglichkeit er sich überzeugen will.

»Es geht dir also wirklich wieder gut?«

»Jaaa. Klar«, sage ich ein wenig genervt von so viel Fürsorglichkeit. »Wann habt ihr überhaupt mit Oma Brille gesprochen?«

»Während du auf dem Heimweg warst«, erwidert Mama. »Ich habe sie eine halbe Stunde nach unserem Telefonat noch einmal angerufen.«

Hmm. Das sieht ihr ähnlich.

»Ich finde, in letzter Zeit macht ihr euch viel zu viele Gedanken«, platzt es aus mir heraus.

»Besser zu viele als zu wenig«, merkt Papa an. »Meinst du nicht?«

»Oma Brille klang jedenfalls auch irgendwie bedrückt«, setzt meine Mutter vorsichtig hinzu, ehe ich etwas erwidern kann.

Auf ihrer Stirn leuchten mindestens hundert Fragezeichen.

»Das war bestimmt wegen Herrn Semmelfein«, erwidere ich. »Außerdem hat sie sich tierisch über Herrn Cornils geärgert. Der wollte nämlich die Polizei rufen.«

»Weil Herr Semmelfein so laut gebellt hat?«

»Genau«, sage ich und leere mein Glas. »Und jetzt muss ich noch ganz dringend mit Jackie reden, bevor ich ins Bett gehe.«

Meine Eltern sehen sich schweigend an. Ich nutze die Gelegenheit und erhebe mich rasch.

»Also gut.« Mama steht ebenfalls auf.

Sie nickt meinem Vater zu, woraufhin er mir eine gute Nacht wünscht und wieder zu seiner Zeitschrift greift.

Meine Mutter folgt mir in den Flur hinaus.

»Philipp schläft übrigens schon«, sagt sie. »Also stör ihn bitte nicht.«

»Keine Sorge.« Ich werfe ihr ein Kussmündchen zu und steuere die Treppe zur Empore an, auf der sich Jackies Zimmer befindet.

»Ähm, Lilly?«, hält Mama mich zurück.

Ich atme einmal kurz durch und drehe mich zu ihr um. »Ja?«

Meine Mutter lächelt weich. »Kann es vielleicht sein, dass du deine Periode bekommen hast? Wolltest du deshalb in Papas Gegenwart nicht darüber sprechen?«

Was? – »Nein! Mama, ich bin doch erst elf!«

»Nicht mehr lange«, entgegnet sie augenzwinkernd. »Außerdem kann die Menstruation durchaus auch schon mit elf Jahren einsetzen.«

»Ich sag dir Bescheid, wenn es so weit ist«, verspreche ich. »Ansonsten ist wirklich alles in Ordnung«, beschwöre ich sie. »Keine Ahnung, warum mir heute Morgen so übel war.«

»Okay«, sagt Mama. »Ich werde trotzdem demnächst einen Termin mit deiner Klassenlehrerin vereinbaren. Der letzte Elternsprechtag ist schon so lange her.«

»Wenn du meinst«, presse ich hervor. Spätestens dann wird sie wohl erfahren, dass Blümchen verschwunden war. Wahrscheinlich wird sie auch Oma Brille anrufen und sie wegen Herrn Semmelfeins Gebell und Herrn Cornils ausfragen.

Im Grunde bin ich also schon jetzt geliefert. Doch zum Glück bleibt mir ja noch ein bisschen Zeit, um mir ein paar einleuchtende Erklärungen einfallen zu lassen, warum ich Papa und ihr nicht gleich die Wahrheit gesagt habe.

Ich klopfe dreimal gegen Jackies Tür. Als sie dann noch immer nicht reagiert, drücke ich einfach die Klinke runter und spaziere in ihr Zimmer hinein. Es läuft leise Musik – irgendwas, das ich nicht kenne –, und die weiße Stehlampe, um die sie seit Neuestem ein Stück hellgrünen Spitzenstoff drapiert hat, brennt. Jackie selbst scheint allerdings nicht anwesend zu sein.

Mein Blick gleitet über ihr Bett, und plötzlich sehe ich, dass die Decke ziemlich ausgebeult ist – und sich bewegt.

»Jackie!«, rufe ich. »Du bist ja doch da!«

Es ertönt ein gedämpftes Stöhnen und dann: »Philipp, geh wieder raus.«

»Ich bin's, Lilly«, sage ich.

Die äußere obere Ecke der Decke klappt zurück und der zerzauste Kopf meiner Schwester kommt zum Vorschein. »Was willst du?«, blafft sie. Ihre Stirn glänzt von Schweiß und sie ist ziemlich rot im Gesicht.

»Was machst du denn da?«, frage ich.

»Das geht dich gar nichts an!«

Ich beschließe, mich von ihrer schlechten Laune nicht beeindrucken zu lassen. Immerhin habe ich ausgesprochen gute Nachrichten für sie.

»Ist es nicht viel zu warm unter der Decke?«, bohre ich also weiter. »Oder bist du krank?«

»Nein, bin ich nicht«, stöhnt Jackie. »Und jetzt mach die Fliege.«

»Aber ich habe mit Jonas und Nikoletta gesprochen.«

Meine Schwester verdreht die Augen. »Das interessiert mich gerade überhaupt nicht.«

»Das sollte es aber«, erwidere ich. »Jonas liebt dich nämlich doch.«

Jetzt klappt auch die hintere obere Ecke der Decke um und ein weiterer verschwitzter Kopf kommt zum Vorschein.

Er gehört einem Typen mit dunklen Augen, schulterlangen blonden Locken und abartig großem Mund.

»Was hast du gesagt?«, will er wissen.

»Wer ist das?«, frage ich meine Schwester.

»Das geht dich gar nichts an«, wiederholt sie.

»Ähm ... Ich glaube, Mama weiß nicht, dass der hier ist, oder?«, sage ich.

»Haarscharf kombiniert, Lilly«, zischt sie. »Und das soll sie auch nicht. Kapiert?«

Schon. Aber ... »Was ist denn jetzt mit Jonas?«

»Wer ist Jonas?«, fragt der Typ.

»Niemand«, brummt Jackie.

»Jemand, den sie toll findet«, korrigiere ich.

Jackie schnappt sich eins ihrer kleinen Plüschkissen und wirft es nach mir. »Mann, Lilly, verschwinde endlich!«

»Ja, ja.« Ich wende mich ab und verlasse das Zimmer. »Und du solltest lieber mal abschließen«, murmele ich, während ich die Tür hinter mir zuziehe.

Kaum ist das Schloss eingerastet, höre ich, wie der Schlüssel umgedreht wird.

Ich gebe mir wirklich Mühe, mich nicht aufzuregen, aber das ist gar nicht so leicht. Es will mir einfach nicht in den Kopf, wie Jackie innerhalb von nicht einmal vierundzwanzig Stunden dem einen Typen hinterherschmachten und den nächsten in ihr Bett holen kann. Noch dazu hinter dem Rücken meiner Eltern!

Ich schlüpfe in mein Zimmer, drehe das *Bitte nicht*

stören-Schild um und drücke die Tür zu. Als Erstes entledige ich mich meiner Jacke, dann ziehe ich mein Handy hervor, suche die SMS mit Nikolettas Foto aus dem Speicher und schicke Jackie eine Antwort:

Wozu habe ich niko dann überhaupt hinterherspioniert? Freust du dich denn gar nicht, dass jonas dich liebt? Der typ in deinem bett hat eklige lippen. Ich verstehe nicht, wie du den küssen kannst!
Lilly ☹

»Philipps bester Freund heißt übrigens auch Niko«, murmele ich.

Lustigerweise fällt mir das jetzt erst auf.

Ich will das Handy gerade auf meinen Nachttisch legen, da ploppt eine Nachricht rein. Von Luis!

Mein Daumen schwebt bereits über der Löschtaste, da überlege ich es mir doch anders. Das Versprechen, das ich Blümchen gegeben habe, ist hinfällig geworden. Wenn sie mit ihrem ach so *süßen* Jakob-popakop simsen kann, dann werde ich das mit Luis ja wohl auch dürfen. Zack – und schon ist seine Nachricht geöffnet.

Du hast maltes haustürschlüssel eingesteckt. Absicht?

Ach, du Schreck! Meine Hand gleitet in die rechte vordere Hosentasche und ertastet warmes Metall.

Nee, ein versehen, schreibe ich hastig zurück. Braucht er ihn dringend?

Wie gebannt starre ich aufs Display. Doch es kommt keine Antwort. Weder an diesem Abend noch am nächsten Tag.

Ungerechtigkeiten

Jackie antwortet nicht auf meine SMS, sondern beschränkt sich innerhalb der folgenden zwei Wochen darauf, mir mahnende Blicke zuzuwerfen – sofern ich sie überhaupt einmal zu Gesicht bekomme.

»Hör endlich auf, dir Gedanken um sie zu machen«, empfiehlt Blümchen mir. »Erstens hat sie ohnehin ihren eigenen Kopf und zweitens gibt es weitaus wichtigere Dinge.«

Womit sie in erster Linie natürlich Jakob meint. Allmählich habe ich das Gefühl, dass Blümchen mittlerweile mit ihrem Handy und dem Familiencomputer mehr Zeit verbringt als mit Yassi und mir.

»Er ist ein Typ aus Bits und Bytes«, versuche ich ihr klarzumachen.

»Na und? Er ist der netteste Typ der Welt.«

Ich finde Blümchens Schwärmerei ärgerlich und überflüssig, aber ich habe eingesehen, dass man mit Argumenten nicht dagegen ankommt. Und so lasse ich sie gewähren und gebe mich der Hoffnung hin, dass ihr dieser *supersüße* Jake irgendwann langweilig wird.

Außerdem kann ich mich nicht beschweren, denn

bisher hat es das Schicksal gut mit mir gemeint und mich überraschend glimpflich aus meinen diversen Schwindelgeschichten herauskommen lassen.

Melanie Tiffert hatte mich natürlich gleich einen Tag später zur Rede gestellt, denn dummerweise hatte ich vor lauter Jackie und Luis völlig vergessen, sie anzurufen. Zum Glück war sie so froh darüber, dass die Jungs Blümchen kein Haar gekrümmt hatten, dass sie mir keine Vorwürfe machte.

»Wenn das oder etwas Ähnliches allerdings noch einmal passiert, verlange ich von dir, dass du mir die Adresse von diesem Malte verrätst, damit ich mich mit seinen Eltern unterhalten kann«, stellte sie zur Bedingung, woraufhin ich ihr versicherte, dass die Jungs so etwas garantiert nicht wieder machen würden.

Und in der ersten großen Pause hatte ich eine Nachricht von Oma Brille auf meinem Handy. (Ich wusste bis dahin gar nicht, dass sie überhaupt SMS schreiben kann!)

Kein Wort über Großtante Elfriede! Dann frag ich auch nicht weiter nach, wieso Herr Semmelfein so lange gebellt hat.

Hab ich doch versprochen, schrieb ich zurück.
Und das mit herrn semmelfein erzähl ich dir trotzdem.
Deine Lilly :)

Ich hätte es ihr einfach nicht verheimlichen können. Und deshalb habe ich ihr vier Tage später, bei meinem nächsten Wochenendbesuch, alles gebeichtet. Dass Malte und Luis Blümchen verschleppt hatten und ich sie befreien musste. Die Geschichte mit Nikoletta, Jonas, Jackie und dem fremden Typen im Bett meiner Schwester habe ich allerdings für mich behalten.

Oma Brille war ziemlich wütend auf die beiden Kidnapper und genau wie Frau Tiffert wollte auch sie Maltes Eltern sofort einen Besuch abstatten. Sie hatte sich schon ihre Jacke übergezogen, aber dann klingelte zum Glück das Telefon und sie verbarrikadierte sich damit in ihrem Schlafzimmer. Das Gespräch dauerte fast eine halbe Stunde und danach hatte Oma Brille Luis und Malte vergessen. Dafür, wie ich Herrn Cornils in die Schranken gewiesen habe, hat sie mich jedoch überschwänglich gelobt. Ich glaube, Oma Brille kann ihn noch tausendmal weniger leiden als ich.

Meine Eltern haben die Sache auf sich beruhen lassen, allerdings hatte ich zwei oder drei Tage lang das Gefühl, unter Beobachtung zu stehen.

Papa hat dauernd gefragt, ob Yassi, Blümchen und ich uns gut verstehen und ob in der Schule alles in Ordnung sei, und Mama habe ich sogar einmal dabei erwischt, wie sie meine Unterhosen inspizierte, bevor sie sie in die Waschmaschine steckte. Es ist ihr sichtlich peinlich gewesen. Mir allerdings noch mehr!

Das größte Theater aber hat Frau Schönerscheidt

gemacht. Die wollte nämlich meinen Rucksack nicht herausrücken, weil Mama mir keine Entschuldigung mitgegeben hatte. Das war von uns beiden schlichtweg vergessen worden, wurde am nächsten Tag jedoch gleich nachgeholt.

Mittwochs haben wir aber kein Deutsch. Und weil Frau Schönerscheidt noch nicht da war, habe ich mich im Sekretariat bei Frau Zurlitz ausgeheult. Und die hat mich dann ins Büro vom Pferdeapfel bugsiert.

Dort habe ich mir eine geschlagene halbe Stunde die Gesäßknochen platt gesessen, weil Herr Handteherz leider was zu erledigen hatte und erst zurückkam, als ich eigentlich schon wieder in den Unterricht musste. Da in der nächsten Stunde aber Biologie anstand, war das nicht so supertragisch. Erstens bin ich in Bio ziemlich gut und zweitens kriegt Frau Kaut sowieso kaum etwas mit, weil sie immer alles in Zeitlupe erledigt. Sogar das Schreiben, das Überlegen und das Hingucken. Ich glaube mittlerweile, dass ihr Gehirn schnell ausgeführte Bewegungen gar nicht verarbeiten kann.

Na ja, jedenfalls hat der Handteherz sich meine Geschichte in aller Seelenruhe angehört. Danach ist er aufgestanden, hat sein Jackett zugeknöpft und geknödelt: »Also, Lilly ... ähm, Wunderbar, Hand aufs Herz ... darüber solltest du mit deiner Klassenlehrerin sprechen. Ich habe mich nun wirklich um wichtigere Dinge zu kümmern.«

Und dann ist er wieder abgezischt und hat mich einfach in seinem Büro sitzen lassen.

Donnerstagmorgen hat Papa mich zur Schule gefahren und ein tierisches Theater veranstaltet. Danach hatte ich meinen Rucksack endlich zurück. Ich fürchte allerdings, dass meine nächste Zeugnisnote in Deutsch nicht wieder eine Zwei sein wird. Aber das ist mir egal. Ganz bestimmt werde ich Frau Schönerscheidt nicht bis zum Abitur behalten. Es ist nur schade um das schöne Fach. Eigentlich mag ich Deutsch nämlich sehr gern.

Die wichtigen Dinge, um die sich unser neuer Direx kümmern muss, beziehen sich übrigens auf die anstehende Projektwoche, die freitagnachmittags mit einem großen Schulfest beendet werden soll. Gleich anschließend beginnen die Herbstferien, denen wir jetzt schon entgegenfiebern.

»Vierundzwanzigster Oktober. Das ist dein Geburtstag, Lilly«, sagt Blümchen, während sie ihr Handydisplay anstarrt und auf die nächste Nachricht von Jakob-popa-kob wartet.

Heute ist Dienstag, der 14. Oktober. Vor fünf Minuten sind Yassi, Blümchen und ich in die U-Bahn gestiegen, um von der Schule nach Hause zu fahren.

Björn-Dakota ist uns gefolgt und sitzt nun gegenüber auf der anderen Seite des Mittelgangs. Und zwar so, dass er Blümchen die ganze Zeit über angucken kann.

»Ich hab mich auch schon gefreut«, brumme ich. Eine solche Ehre, dass der eigene Geburtstag mit dem einer ganzen Schule zusammenfällt, wird schließlich nicht jedem zuteil. »Ich werde zwölf und die Schule fünfzig.«

»Allerdings wurde sie damals nicht am 24. Oktober eingeweiht, sondern am 15. Juni«, vermeldet Björn-Dakota.

»Interessant«, murmelt Blümchen, ohne ihren Blick zu heben. »Was du alles weißt!«

BD verdreht stöhnend die Augen. »Das steht in dem Infoblatt, das die Zwölftklässler gestaltet haben.«

»Ja, ja«, sage ich. »Und auf das Direktor Handaufsherz so megastolz ist. Dabei hat er überhaupt nichts zum Ansehen unserer Schule beigetragen. Und dass die gesamte Unterstufe bei den Projekten gar nicht mitmachen darf, weil wir angeblich noch zu jung sind und nichts Richtiges können, schlägt nun wirklich dem Fass den Boden aus.«

»Ist doch egal«, meint Björn-Dakota. »Dafür haben wir die ganze Woche nur bis zur dritten Stunde.«

»Das ist nicht egal, das ist ungerecht«, erwidert Blümchen.

Yassi nickt. »Finde ich auch.«

»Ach, nächstes Jahr ist Frau Traube-Bömmelein wieder da und …«

Ich lasse BD nicht ausreden. »Bist du sicher?«

»Klar bin ich das. Sie und ihr Mann machen eine Weltreise und die dauert genau neun Monate.«

»So plötzlich?«, frage ich verwundert. »Normalerweise plant man so etwas doch schon Monate im Voraus.«

»Irgendjemand aus ihrer Familie ist plötzlich krank geworden«, erzählt Björn-Dakota. »Ich glaube, der Mann der Schwester von ihrem Mann, also ihr Schwager. Er muss operiert werden und anschließend direkt zur Kur. Und weil die Unterkünfte in den verschiedenen Ländern und die ganzen Unternehmungen und Aktionen und so schon bezahlt waren, sind Frau Traube-Bömmelein und ihr Mann spontan eingesprungen. Allerdings mussten sie die Flüge stornieren und neu buchen und mit dem Papierkram gibt es ebenfalls ziemlichen Stress«, sprudelt es ohne Punkt und Komma aus ihm hervor. »Außerdem müssen sie noch alle möglichen Impfungen über sich ergehen lassen, aber ...«

»Woher weißt du das eigentlich alles?«, unterbreche ich ihn erneut.

»Jannik, Bent und ich haben sie letzte Woche besucht«, erklärt BD.

»Genau das hatten wir auch längst vor«, sage ich. »Wann fliegt Frau Traube-Bömmelein denn überhaupt?«

»In zwei Wochen«, entgegnet BD. »Sie hat aber versprochen, dass sie zum Schulfest kommt. Da könnt ihr dann auch noch mal mit ihr reden.«

Obwohl er mit mir spricht, gleitet sein Blick immer wieder zu Blümchen. »Mit wem schreibst du dir da eigentlich die ganze Zeit?«, will er wissen.

»Mit Justin Bieber«, sage ich.

»Nee, oder!« BD kratzt sich am Hals. »Echt jetzt?«

»Und wenn schon«, brummt Blümchen. »Es geht dich sowieso nichts an.«

Björn-Dakota bläht die Backen. Es ist ihm anzusehen, dass sein Gehirn auf Hochtouren arbeitet. Eigentlich ist er überaus schlagfertig, aber wenn es Blümchen betrifft, verschlägt es ihm in letzter Zeit immer öfter die Sprache.

»Was machst du überhaupt hier?«, frage ich.

BDs Zuhause befindet sich nämlich ganz in der Nähe der Schule. Aber vielleicht will er sich ja mit einem Freund treffen, der weiter weg wohnt.

»Ach, nur so«, antwortet er und kratzt sich abermals am Hals. »Ich wollte es nur mal ausprobieren.«

»Hast du Flöhe, oder was?«, fragt Blümchen, ohne ihn anzusehen.

»Hä?« Irritiert guckt Björn-Dakota zwischen ihr, Yassi und mir hin und her. »Wieso?«

»Du solltest das, was sie sagt, nicht so ernst nehmen«, empfehle ich ihm.

»Und demnächst besser eine andere Bahnlinie *ausprobieren*«, fügt Blümchen knurrend hinzu.

Jetzt bläht Yassi die Backen, sagt aber nichts, sondern schüttelt nur leicht den Kopf.

»Alles klar«, presst BD hervor. Sein rundes Gesicht leuchtet wie eine Tomate und seine mandelförmigen Augen wirken noch schmaler als sonst. »Hab verstanden.«

Er schnellt hoch, schiebt sich an einer Gruppe Jugendlicher vorbei und eilt den Gang entlang nach vorn.

»Das war gemein«, sagt Yassi, als er außer Hörweite

ist. »Du hättest das mit den Flöhen und der anderen Linie nicht sagen dürfen.«

»Wie soll ich ihn denn sonst loswerden?«, blafft Blümchen. »Der muss doch endlich mal kapieren, dass ich nichts von ihm will.«

»Ich glaube, das hat er jetzt«, entgegne ich.

»Es war trotzdem gemein«, beharrt Yassi.

»Ach ja?« Blümchens veilchenblaue Augen funkeln zornig. »Ich finde, Fuat, Akin und Tarik hätten eine solche Ansage ebenfalls dringend nötig. Was die mit dir machen, nennt man hier bei uns in Deutschland Stalking. Und das ist strafbar. Kapierst du? Dafür kann man sogar verknackt werden.«

»Jetzt spinn mal nicht rum«, sage ich. »Stalking ist, wenn einer seine Angebetete überallhin verfolgt. Sie ständig anruft oder sogar bedroht.«

»Eben«, brummt Blümchen. »So wie BD mich.«

»Na hör mal!«, stoße ich aus. »Björn-Dakota bedroht dich doch nicht.«

»Er nervt!«, knurrt Blümchen.

»Das ist ja wohl ein Unterschied«, sage ich.

»Jetzt streitet doch nicht«, fleht Yassi. »Bitte. Schließlich ist das alles nicht so schlimm.«

»Das finde ich aber schon«, gibt Blümchen ziemlich harsch zurück. »Björn-Dakota soll mich gefälligst in Ruhe lassen! Und die F.A.T. dich!«, faucht sie und deutet dabei auf Yassi. »Und jetzt erzähl mir bloß nicht, dass es dir gefällt, wie die drei dich beschützen!«

Fassungslos sehe ich meine Freundin an. Es ist noch gar nicht lange her, da hätte sie es nicht einmal übers Herz gebracht, BD freundlich zu sagen, dass sie nichts von ihm will. Blümchen ist ja immer für eine Überraschung gut, aber so wie heute hat sie sich noch nie aufgeführt.

Yassi ist mittlerweile aufgestanden. Sie hat ihren Rucksack geschultert und umklammert mit zitternden Händen die Trageriemen. Außerdem hält sie ihren Blick nach unten gerichtet. Den feuchten Glanz in ihren Augen bemerke ich trotzdem.

Die Bahn wird jeden Moment am Marienplatz einlaufen. Es hat also keinen Sinn, diese Unglücksdiskussion weiterzuführen. Womöglich fängt Yassi noch an zu weinen. Abgesehen davon ist Blümchen sowieso längst schon wieder mit ihrem Handy beschäftigt. Allmählich beginne ich mich zu fragen, ob dieser Jakob überhaupt gut für sie ist. Vielleicht hat er komische Ansichten und es ist seine Schuld, dass Blümchen plötzlich so aggressiv ist. Darüber werde ich mit ihr reden müssen.

Jetzt jedoch ist erst mal Yassi an der Reihe. Ich kann sie unmöglich einfach so gehen lassen und deshalb erhebe ich mich ebenfalls, schlinge ihr meinen Arm um den Nacken und wispere: »Nimm es dir nicht so zu Herzen. Blümchen meint es nicht so. Sie hat dich gern.«

Yassi schluckt. »Ich weiß«, presst sie tonlos hervor. »Und es stimmt ja auch ... irgendwie.«

»Was meinst du damit?«, raune ich, aber da hat Yassi sich bereits von mir gelöst.

»Ich muss jetzt los«, sagt sie. »Tschüs, Lilly. Bis morgen.«

»Bis morgen«, krächze ich und lasse mich auf meinen Platz zurücksinken.

Die Bahn hat inzwischen angehalten. Wie immer ist um diese Zeit am Marienplatz der Teufel los, ich versuche dennoch, Yassi so lange wie möglich mit meinem Blick zu folgen. Und da sehe ich, dass BD ebenfalls ausgestiegen ist und ihr hinterherläuft.

Er tippt sie an und redet auf sie ein. Zuerst beachtet Yassi ihn nicht und läuft weiter auf die Rolltreppe zu. Aber dann bleibt sie plötzlich stehen, sieht ihm ins Gesicht und sagt etwas zu ihm. Ich beobachte, wie Björn-Dakota seinen Mund zu einem vorsichtigen Lächeln verzieht und Yassi ebenso vorsichtig zurücklächelt. Und ich entdecke noch jemanden, es sind sogar drei: nämlich Fuat, Tarik und Akin.

Sie stehen etwas abseits neben dem Glaskasten, in dem die Fahrpläne und die Übersichtskarte hängen, und sehen zu Yassi und BD hinüber.

Und seltsamerweise scheinen sie gar nicht wütend zu sein, sondern wirken äußerst vergnügt. Sie stupsen sich gegenseitig mit den Schultern an und lachen.

»Mensch, guck mal da!«, platzt es aus mir heraus.

»Was denn?«, fragt Blümchen und hebt den Kopf.

Doch die Bahn hat sich schon wieder in Bewegung

gesetzt und Fuat, Akin und Tarik werden von vorbeilaufenden Leuten verdeckt. Kurz darauf tauchen wir ins Dunkel des Untergrundtunnels ein.

»Was war denn los?«, fragt Blümchen noch einmal.

»Yassi hat mit BD gesprochen«, sage ich.

Meine Freundin schüttelt unwillig den Kopf. »Das ist gar nicht gut.«

»Im Gegenteil«, widerspreche ich. »Das ist sogar sehr gut.«

»Er will sie doch nur bequatschen, damit sie bei mir ein gutes Wort für ihn einlegt.«

»Das ist sein gutes Recht«, sage ich.

»Das nervt!«, knurrt Blümchen.

»Du wiederholst dich«, werfe ich ihr vor. »Außerdem solltest du nicht immer nur an dich denken. Viel wichtiger ist doch gerade, dass Yassi mit Björn-Dakota geredet hat. Geredet und gelächelt«, betone ich.

Blümchen sieht mich schweigend an. Nach einer Weile gibt sie einen tiefen Seufzer von sich.

»Warum muss eigentlich immer alles so kompliziert sein?«

Keine Ahnung. Das Einzige, was ich weiß, ist, dass mir der Begriff kompliziert allmählich zum Hals heraushängt. Es muss sich dringend etwas ändern: sowohl an Blümchens Verhalten als auch an Yassis Einstellung. Vor allem aber an den vielen Ungerechtigkeiten dieser Welt.

Eine davon betrifft Yassi, Blümchen und mich genauso wie Björn-Dakota und die F.A.T. – und mit uns die gesamte Unterstufe unserer guten alten Pappelschule.

Normalerweise, also wenn Frau Traube-Bömmelein noch Schulleiterin wäre, hätten in der nächsten Woche ganz normale Projekttage stattgefunden. Und zwar für alle Schüler von der fünften bis zur dreizehnten Klasse, wobei den anstehenden Abiturienten die Teilnahme freigestellt gewesen wäre. Jetzt ist es so, dass gerade sie mitmachen müssen, weil viele von ihnen im Oberstufen-Chor, in der Physik-AG oder im Klassikorchester sind. Außerdem gibt es in diesem Jahr die besten Kopfrechengenies in der Dreizehnten.

Und genau darauf kommt es Pferdeäppeldirex Handaufsherz an: Er möchte zum fünfzigsten Jubiläum insbesondere die Leistungsfähigkeit der Schüler und damit eben auch der Schule herausstellen. Yassi, Blümchen und ich nennen das Angeberei. Und außer den Strebern hat eigentlich auch kaum jemand so richtig Lust auf diese Aktion.

Höchste Zeit also, dass ich mir etwas einfallen lasse ... und meine Wundersprüchebox befrage.

Auch ein Brathuhn kann ein Anfang sein

Als ich meine Jacke an die Garderobe hänge, sehe ich, dass auf der Kommode daneben ein Brief von einem Notar liegt. Er ist an meine Mutter adressiert.

»Was hat Mama denn mit einem Notar zu tun?«, frage ich Papa, der zusammen mit Philipp in der Küche hantiert.

Es gibt Reis mit Hackfleischgemüse und Salat.

»Das werden wir sicher gleich erfahren«, meint Papa und reckt sein Kinn in Richtung Wanduhr. »Sie hat sich heute eine Stunde früher freigenommen und müsste eigentlich jeden Augenblick hier sein.«

»Kann ich das haben?«, fragt Philipp und hält ihm ein leeres, ausgespültes Marmeladenglas unter die Nase.

»Sicher.« Mein Vater nickt. »Wofür brauchst du es denn?«

»Für Käfer und kleine Würmer und so 'n Zeugs«, antwortet Philipp.

»Käfer sind doch kein Zeugs«, weise ich ihn zurecht.

»Nee, Rennfahrer.« Mein Bruder grinst von einem Ohr zum anderen.

»Würmer sind aber nicht besonders schnell«, entgegne ich, während ich Teller und Besteck aufdecke.

»Aber sie halten wenigstens still«, gibt Philipp zurück.

Moment mal! – »Du willst sie doch nicht etwa in deine Carrera-Autos setzen?«, frage ich empört.

»Bestimmt nicht«, sagt Papa energisch, nimmt meinem Bruder das Marmeladenglas aus der Hand und stellt es ganz oben auf den Hängeschrank.

»Ihr seid total blöd!«, kräht Philipp los und trommelt mit den Fäusten auf den Tisch ein, dass die Teller nur so hopsen.

»Was ist denn hier los?«, ertönt die Stimme meiner Mutter im Flur.

Ich höre, wie die Haustür ins Schloss fällt, und kurz darauf erscheint Mama auf der Schwelle. Stirnrunzelnd schaut sie auf den Brief in ihrer Hand.

»Philipp will lebendige Tiere als Rennfahrer benutzen«, sage ich.

»Soll ich die vorher etwa tothau'n?«, blafft er mich an.

»Schnuckiputz, so etwas solltest du nicht einmal denken«, ermahnt meine Mutter ihn. »Wenn du magst, gebe ich dir nachher noch ein paar von den Pfefferminzbonbons.«

»Au ja!«, jubelt mein Bruder und fängt an, sich um die eigene Achse zu drehen.

Papa wirft meiner Mutter einen bedeutungsvollen Blick zu.

»Denk an seine Zähne.«

»Keine Sorge, diese Drops enthalten keinen Zucker«, gibt Mama zurück. »Und Philipp bekommt auch nur drei davon. Außerdem sollen sie ja seine Autos steuern.«

»Pah!«, macht mein Bruder. »Die Autos steuere ich selber.«

Er dreht sich noch immer im Kreis – bis er plötzlich aus dem Gleichgewicht gerät und gegen die Anrichte knallt.

»Aua!«, schreit er, stürzt auf meine Mutter zu und stemmt jammernd seinen Kopf unter ihren Busen.

»Der Junge hat einfach zu viel Energie«, meint Papa kopfschüttelnd.

»Er ist völlig normal«, sage ich.

Nicht, dass meine Eltern noch auf die Idee kommen, ihn deshalb zum Arzt zu schleppen. In letzter Zeit erscheinen sie mir ein bisschen überbesorgt zu sein. Umso besser, dass ich ihnen nichts von Blümchens *Entführung* erzählt habe. Womöglich würden sie mich gar nicht mehr allein auf die Straße lassen.

»Natürlich ist er das«, sagt Mama zu mir.

Sie streichelt Philipp zärtlich durchs Haar, bis er sich beruhigt hat und fragt, wann das Essen endlich fertig ist.

»Noch fünf Minuten«, erwidert Papa. Er wischt sich die Hände an Mamas Kochschürze ab und deutet auf den Brief. »Was steht denn drin?«

»Mal sehen ...«, murmelt sie, nimmt ein Küchenmesser aus der Schublade und schlitzt den Umschlag auf.

Und dann ist es eine ganze Weile still.

Blöderweise hat Mama nicht einen Pieps davon erzählt, was der Notar ihr geschrieben hat. Wahrscheinlich wollte sie nicht in Philipps und meiner Gegenwart darüber sprechen. Jedenfalls haben meine Eltern sich gleich nach dem Mittagessen ins Schlafzimmer verzogen und dort aufgeregt miteinander geflüstert.

Ich war drauf und dran, mein Ohr gegen die Tür zu pressen und die beiden zu belauschen, habe es mir dann aber doch verkniffen. Schließlich will ich meinem Bruder kein schlechtes Vorbild sein. Außerdem kann ich mir ohnehin denken, worum es in diesem Brief geht, nämlich um Oma Brille und ihre doofe Geheimniskrämerei wegen Großtante Elfriede.

Ich hoffe nur, dass es nichts richtig Schlimmes ist.

Mittlerweile sitze ich an meinem Schreibtisch und brüte über den Matheaufgaben. Der nette *Mister Ungerecht* hat uns mal wieder einen ganzen Haufen davon aufgebrummt. Da ich heute ausnahmsweise mal keine Verabredung habe, weil Blümchen auf Verwandtschaftsbesuch ist und Yassi im Imbiss aushelfen muss, kann ich mir alle Zeit der Welt dafür nehmen.

Meine bunt beklebte Wundersprüchebox habe ich

auch schon unter dem Bett hervorgeholt und eine Handvoll Zettel in die türkisfarbene Wundersprücheersatzschachtel abgefüllt.

»Es handelt sich um eine äußerst ernste Angelegenheit«, flüstere ich, als ich am späten Nachmittag dann noch einmal den Deckel der Hauptbox abnehme. »Und dafür brauche ich einen wirklich guten Rat.«

Also bitte nicht wieder so etwas wie mit den Lebkuchen und den toten Keksen, füge ich im Stillen hinzu.

Ich schließe die Augen und fahre mit den Fingern durch die Zettel, schaufele die untersten nach oben und die von rechts nach links.

»Was müssen wir Unterstufenschüler der Pappelschule tun, um bei der Jubiläumsfeier doch noch dabei sein zu können?«

Beim Aussprechen des letzten Wortes greife ich zu. Behutsam, so als wäre er ein wertvoller, zerbrechlicher Schatz, lege ich den gezogenen Zettel auf meine Schreibtischunterlage. Ich schließe die Box und schiebe sie unters Bett zurück. Erst dann falte ich den Zettel auseinander.

Schieben Sie Ihr Huhn immer auf dem Rücken liegend in den Backofen.

»Nein! Nein! Nein!«, jammere ich. »Was, bitte schön, hat ein Brathuhn mit einem Schulfest zu tun?«, pflaume ich den Zettel an.

Und schwöre bei Gott, Allah, Buddha und allen einhundertundacht Hindugöttern zusammen, dass ich nie wieder eine Kochempfehlung aus einer von Mamas oder Oma Brilles Frauenzeitschriften ausschneide und für meine Wundersprüchebox notiere.

Leider verhindert das aber nur zukünftige Katastrophen. Hier und jetzt muss ich wohl oder übel das Beste aus dem Brathuhn machen.

Ich lasse mich also auf meinen Stuhl zurücksinken, krame einen Kritzelblock und meinen Lieblingsgelstift hervor und schreibe alles auf, was mir zum Thema Hähnchen, Rücken und Backofen einfällt:

Rücken auf Backblech (unsichtbar und hart), Gegenteil von Rücken = Bauch, Wärme von oben, Licht von oben, anschauen von vorne, den Bauch zeigen = sich präsentieren

Aha, so langsam kommen wir der Sache näher. Und mit einem Mal liegt die Lösung glasklar auf der Hand.

Wir Unterstufenschüler dürfen uns nicht einfach mit dem Rücken aufs Backblech legen lassen, sondern müssen Bauch zeigen (uns präsentieren), wenn wir auch etwas von der Wärme (Anerkennung) abkriegen wollen.

»Jippieh, jappah, jappaduh!«, jubele ich, tanze durchs Zimmer und rase schließlich auf den Flur hinaus, um meine Freude in der ganzen Wohnung zu versprühen.

Dabei renne ich fast mit Jackie zusammen, die gerade

mit einem fetten Nutellabrot in der Hand aus der Küche kommt.

»Was ist denn mit dir los?«, fragt sie. »Hat dich ein Floh geküsst?«

»Geht dich gar nichts an«, knurre ich und hüpfe weiter in Richtung Wohnzimmer.

»Zicke!«, ruft Jackie mir nach.

»Selber!«

»Stopp!«, sagt Mama, die auf dem Sofa liegt und in einem Liebesroman schmökert. »Darauf, wie ihr außerhalb der Wohnung miteinander umgeht, habe ich keinen Einfluss, aber in meiner Gegenwart dulde ich solche Beschimpfungen nicht. Klar?«

»Ja«, stöhne ich.

»Jacqueline, das gilt auch für dich. Okay?«, ruft meine Mutter.

»Ja, ja«, stöhnt Jackie hinter mir.

»Gut«, brummt Mama. »Übrigens: Wie bist du eigentlich zu dem Loch in deiner neuen Jeans gekommen?«, will sie von mir wissen.

»Ach, das ... ähm, das ist gerade in«, erwidere ich, heilfroh, dass mir diese superschlaue Erklärung eingefallen ist und ich Henriette von Ahlens Zerstörungswut nicht dem armen unschuldigen Herrn Semmelfein in die Schuhe schieben muss.

»In?«, feixt Jackie. »Du lebst wohl auf dem Mond, Süße!«

Ich wirbele zu ihr herum.

»Und du?«, kontere ich, stülpe meine Lippen vor, damit mein Mund möglichst fett aussieht, und mache Kussgeräusche. »Du hast den Mond in deinem Bett!«

»Halt bloß die Klappe!«, zischt Jackie.

Selber, forme ich lautlos mit den Lippen.

»Worum geht's?«, will Mama wissen.

»Ach«, sage ich und sehe meiner Schwester provozierend in die Augen. »Da war letztens so ein komischer Typ in Ja…«

Der Rest bleibt mir im Halse stecken, weil ich just in diesem Moment ein Nutellabrot in den Mund gestopft bekomme.

»Lilly fantasiert«, sagt Jackie zu unserer Mutter, streckt mir die Zunge heraus und rauscht aus dem Zimmer.

»Was mach ich nur mit euch?«, fragt Mama seufzend.

Ich drehe mich zu ihr um, nehme den Rest des Nutellabrots aus meinem Gesicht und sage: »Ich geh mich jetzt erst mal waschen.«

Erstaunlicherweise bringt meine Mutter den Vorfall zwischen Jackie und mir nicht mehr zur Sprache. Den Rest des Tages wirkt sie ungewöhnlich nachdenklich, und sie verlässt das Sofa auch nur, um das Abendbrot zuzubereiten. Selber isst sie allerdings keinen Bissen davon und erklärt stattdessen, dass sie noch mal wegmüsse und aller Voraussicht nach erst heimkäme, wenn wir längst im tiefen Schlummer lägen.

Bei mir ist das mit dem Schlafen allerdings so eine Sache. Die Idee nämlich, die mir seit heute Nachmittag bezüglich des Schulfestes im Kopf herumspukt, hält mich bis weit nach Mitternacht wach.

Und daher bekomme ich Mamas Heimkehr sehr wohl mit. Ich höre, wie Papa und sie im Flur leise miteinander sprechen und sich dann rasch ins Wohnzimmer verziehen.

Mittlerweile kann ich meine Neugier einfach nicht mehr im Zaum halten und so schlage ich die Decke zurück, öffne meine Zimmertür und tappe den dunklen Flur entlang.

»... das kann sie nicht machen«, sagt mein Vater gepresst. »Sie hat jahrelang so getan, als ob sie nicht zur Familie gehört.«

Augenblicklich bleibe ich stehen und halte den Atem an. Aus dem Wohnzimmer fällt ein breiter Lichtstreifen bis vor meine Füße.

»Aber sie ist meine Tante«, gibt Mama zurück. »Sie hat ein Recht auf ihren Anteil.«

»Nach so vielen Jahren?«, brummt Papa. Ich sehe es quasi vor mir, wie er den Kopf schüttelt. »Ich bin der Meinung, das sollte ein Rechtsanwalt klären.«

»Genau das möchte meine Mutter aber nicht«, erwidert Mama. »Was ich übrigens sehr gut verstehe.«

Mein Vater seufzt. »Dann hast du also zugestimmt?«

»Ja«, sagt Mama. »Ich halte es für das Beste für uns alle.«

Leider erfahre ich nicht mehr, was dieses Beste sein soll. Ich finde allerdings, dass meine Mutter nicht besonders glücklich klang, und so schleiche ich mit einem äußerst mulmigen Gefühl in mein Bett zurück.

»Einfach sensationell«, findet Blümchen meine Idee, die ich ihr gleich am nächsten Morgen in der U-Bahn unterbreite.

Draußen regnet es Bindfäden und ist zudem so kalt, dass wir dicke Pullis unter unsere Jeansjacken angezogen haben.

Yassi steigt am Marienplatz zu, es dauert jedoch eine Weile, bis sie uns gefunden hat. Weil kein Platz mehr frei ist, quetschen wir uns nun zu dritt auf eine Zweierbank.

Natürlich erzähle ich auch Yassi sofort von meiner Idee, allerdings reagiert sie weitaus weniger euphorisch.

»Die Zeit ist ganz schön knapp«, meint sie. »Außerdem brauchen wir einen Lehrer, der bei all dem mitmacht.«

»Melanie Tiffert«, kommt mir da sofort in den Sinn.

»Die aber leider bloß Referendarin ist«, gibt Blümchen zu bedenken. »Ich weiß ja nicht, ob die sich einfach über Direx Handaufsherz hinwegsetzen kann.«

»Der braucht es ja nicht zu erfahren«, erwidere ich.

»Puh!«, macht Yassi.

Mehr muss sie nicht sagen, es ist auch so überdeutlich zu spüren, was sie von diesem Vorschlag hält.

»Vielleicht dieser neue Musiklehrer«, meint Blümchen. »Wie heißt der noch mal?«

»Jubeik«, sagt Yassi. »Carsten oder Carl.«

»Genau.« Blümchen nickt eifrig. »Der unterrichtet in der a und alle finden ihn toll. Seinen Spitznamen hat er jedenfalls schon weg.«

»CJ the DJ«, murmele ich. »Ich glaube, sein Vorname ist Carl.«

Blümchen klatscht mir ihre Hand auf den Oberschenkel.

»Du hast recht, Lilly Wunderbar! Er und Frau Tiffert passen einfach toll zusammen«, jubelt sie.

»Na hör mal!«, rufe ich. »Wir wollen ein Talentfest organisieren und keine Hochzeit.«

Abgesehen davon weiß ich persönlich noch nicht so recht, was ich von dem neuen Lehrer halten soll. Das hängt allerdings in erster Linie damit zusammen, dass Musik das einzige Fach ist, das ich von ganzem Herzen verabscheue. Noten sind für mich Hieroglyphen, die ich beim besten Willen nicht verstehe. Ich kann weder singen noch den einfachsten Rhythmus halten. Einmal musste ich bei einer »Peter und der Wolf«-Aufführung dreimal die Triangel schlagen. Hinterher war ich schweißgebadet.

»Der will bestimmt irgendwas Musikalisches machen«, spreche ich meine schlimmste Befürchtung aus.

»Wir können das doch sowieso nicht allein entscheiden«, meldet sich Yassi zu Wort. »Insgesamt sind in der Unterstufe mindestens dreihundert Schüler. Wenn alle mitmachen sollen, müssen auch alle einverstanden sein.«

»Logisch sollen alle mitmachen«, sage ich. »Sonst hätte das Ganze doch überhaupt keinen Sinn.«

»Alle außer Marie«, betont Blümchen. »Denn die ist ja beim Kopfrechnen dabei.«

»Eigentlich schade, dass Kristina und Annabelle keine Rechengenies sind«, grummle ich. »Wir müssen die beiden Pissnelken bei dieser Aktion also leider ertragen.«

»Stimmt.« Blümchen verdreht die Augen. »Daran hab ich noch gar nicht gedacht. Ausgerechnet die Pissnelken! Und das auch noch an deinem Geburtstag!«

Ja, verdammt, der Schatten, über den wir da springen müssen, ist mindestens tausend Kilometer lang!

Wie sich gleich in der ersten Stunde zeigt, hat sich Herr Unwecht vom Ehrgeiz unseres neuen Schulleiters anstecken lassen, denn er beginnt den Matheunterricht mit einer Kopfrechenstaffel, die – oh Wunder! – Maries Gruppe gewinnt. Und das, obwohl die beiden Pissnelken Kristina und Annabelle mit von der Partie waren.

»Du hast gute Chancen, einen der vorderen Plätze zu belegen«, lobt Mister Ungerecht Marie, und seine kleinen Augen glänzen vor Stolz.

»Ich übe ja auch jeden Tag mindestens zwei Stunden«, protzt Marie und reckt sich in Pose.

»Und wir helfen ihr dabei«, sagt Annabelle.

»Wir frägen sie nämlich immer ab«, fügt Kristina hinzu und lächelt Herrn Unwecht hingebungsvoll an.

»Wahrscheinlich frägt sie sich gerade, ob sie dafür wohl eine bessere Note bekommt«, raune ich Yassi und Blümchen zu, was mir einen mahnenden Blick unseres Mathelehrers einbringt.

Kurz bevor es zur Pause läutet, verteilt Mister Oberungerecht fünf dicht bedruckte Aufgabenblätter, mit denen wir uns während der Projektzeit beschäftigen sollen.

»Damit ihr auch fit für den neuen Stoff seid, den wir gleich im Anschluss an die Herbstferien angehen wollen«, erklärt er uns.

»Ich nicht«, brummt Jannik.

»Wie bitte?« Herr Unwecht reckt den Kopf in seine Richtung. »Was hast du gesagt?«

»*Ich* will keinen neuen Stoff angehen«, erwidert Jannik jetzt klar und deutlich.

»Nun, wenn du deinerseits meinst, daraus die logische Schlussfolgerung ziehen zu müssen, dass du dir die Bearbeitung dieser Aufgabenblätter lieber sparen möchtest, kann ich dir meinerseits versprechen, dass sich das zu Hundertprozent in deinen Zensuren widerspiegeln wird«, gibt Herr Unwecht gelassen zurück.

»Hä?«, macht Jannik.

»Mann ey, wenn du den Zettel nicht machst, kriegste 'ne Sechs«, bringt Kristina es auf den Punkt.

»Schlaues Mädchen«, wispere ich.

»Hättest du ihr wohl gar nicht zugetraut, was?«, meint Blümchen leise kichernd.

In derselben Sekunde ertönt der Gong. Wie auf Kommando steigt der Lautstärkepegel in der Klasse rapide an, sodass mir nichts anderes übrig bleibt, als lautstark durch den Raum zu brüllen: »Bitte alle mal herhören! Ich habe eine Idee für das Schulfest!«

Bent und Jannik, die bereits an der Türklinke hängen, bleiben wie angewurzelt stehen. Die meisten – allen voran die Pissnelken – glotzen mich an, als hätte ich nicht alle Latten am Zaun. Doch zum Glück ist es nun so still, dass man ganz normal weiterreden kann.

Herr Unwecht mustert mich skeptisch. »Jetzt und hier im Klassenraum?«

Ich nicke.

»Du weißt, dass ich abschließen muss«, erwidert unser Mathelehrer. »Das ist Vorschrift.«

»Können Sie nicht dieses eine Mal eine Ausnahme machen?«, frage ich. »Bitte!«

Herr Unwecht wiegt den Kopf hin und her. »Also gut«, lenkt er schließlich ein. »Aber in fünf Minuten seid ihr damit durch.«

Ich nicke abermals und warte, bis er den Klassenraum verlassen hat, und fordere Bent auf, die Tür zu schließen.

»Ich glaube, ihr findet es auch alle ungerecht, dass die Unterstufe diesmal nicht bei der Projektwoche mitmachen darf«, beginne ich, nachdem ich mich gründlich geräuspert habe.

Mein Herz klopft und meine Hände fühlen sich ziemlich schwitzig an. Seine besten Freundinnen für etwas zu begeistern, ist nicht unbedingt ein Kunststück, eine ganze Klasse für sich zu gewinnen, dagegen eine echte Herausforderung.

»Wieso das denn?«, blockt Marie auch gleich ab. »Es ist ja nicht die *ganze* Unterstufe.«

»Nee, bloß 99 Komma 9 Prozent«, gibt Blümchen bissig zurück.

»Die Mathestunde ist zu Ende«, tönt Jannik. »Und Prozentrechnen hatten wir sowieso noch nicht.«

»Meine Güte, könnt ihr nicht einfach mal die Klappe halten und zuhören, was Lilly uns vorschlagen will!«, springt Lena mir zur Seite, die nach den Sommerferien zusammen mit Bent zum Klassensprecherteam gewählt worden ist.

»Find ich auch«, pflichtet der ihr sofort bei.

»Okay«, mault Annabelle, »aber nur fünf Minuten.«

Ich ignoriere ihre Bemerkung, hole einmal tief Luft und schildere meine Idee so anschaulich wie möglich.

»Jeder von uns hat irgendein Talent«, beende ich meine Rede. »Und ich finde, dass wir das zeigen sollten.«

»Jeder?«, quiekt Ole. »Die ganze Unterstufe? Wie soll das denn gehen? Und in welchem Raum?«

»Zum Beispiel in der Sporthalle«, sage ich. »Da ist doch Platz für alle.«

»Das erlaubt der Handaufsherz niemals«, entgegnet Björn-Dakota.

»Der soll es auch gar nicht wissen«, gebe ich zurück. »Wir brauchen zwei oder drei Lehrer, die uns unterstützen und die bereit sind, während der nächsten Woche mit uns zu üben. Vielleicht dürfen wir die Sporthalle sogar von der vierten bis zum Ende der sechsten Stunde belegen.«

»Jeden Tag?«, fragt Ann-Kathrin.

»Logisch«, sage ich. »Bis zum Schulfest.«

»Aber in den Stunden haben wir doch eigentlich frei!«, brüllt Niklas.

»Und irgendwann müssen wir ja diese beknackten Mathebögen auch noch machen«, beschwert sich Jannik.

»Also, ich finde Lillys Idee toll!«, quiekt Ole und hüpft aufgeregt auf und ab.

»Ich auch«, ruft Lena. »Und, Leute ... Hand aufs Herz ... wir dürfen uns von unserem Schulleiter echt nicht alles gefallen lassen! Auch nicht, wenn er der Direx ist.«

»Jau!«, brüllt Bent.

Kampfeslustig schleudert er seine Faust in die Luft und sieht sich Beifall heischend im Klassenraum um.

Allmählich heben sich weitere Fäuste und Finger in die Höhe und am Ende sind alle außer Marie, Annabelle und Kristina dafür.

Lena und Bent versprechen, bis morgen zur ersten großen Pause alle Klassensprecher der Unterstufe zusammenzutrommeln.

»Wir treffen uns um kurz vor halb zehn bei den Getränkeautomaten«, sage ich. »Blümchen, Yassi und ich reden jetzt mit Frau Tiffert. Die wird uns bestimmt helfen. Und vielleicht weiß sie auch, welche Lehrer wir noch fragen können.«

»CJ the DJ!«, rufen Jannik, BD und Bent im Chor. »Jekaterina und Henrik aus der 7a finden ihn supercool.«

»Ja, an den haben wir selber schon gedacht«, sagt Blümchen. »Ein Sportlehrer dazu wäre allerdings auch nicht schlecht.«

»Die Metzger!«

»Der Pfeiffert!«

»Der Lessjahn!«

Alle rufen durcheinander, sodass man kaum noch ein Wort verstehen kann. Wir merken nicht einmal, dass Herr Unwecht bereits wieder in der Tür steht.

»Sind die fünf Minuten schon um?«, quiekt Ole.

»Allerdings«, antwortet Mister Ungerecht. »Und euer Geschrei ist bis in die Pausenhalle zu hören. Das geht natürlich nicht.« Er wedelt weit ausholend mit dem rechten Arm. »Also, Leute, nix wie raus hier.«

Grummelnd kramen wir unsere Pausenbrote hervor und schlüpfen in unsere Jacken.

Als Yassi, Blümchen und ich auf den Gang hinaustreten, zupft mich jemand am Ärmel. Es ist Björn-Dakota, der mit Jannik neben der Tür steht.

»Wir könnten die Sportlehrer fragen«, bietet er an. »Wenn ihr wollt.«

»Klar wollen wir«, brummt Blümchen.

Sie zieht demonstrativ ihr Handy aus der Jackentasche, tippt darauf herum und trottet dabei langsam weiter.

»Schlag sie dir aus dem Kopf«, raune ich BD zu.

»Kein guter Tipp«, erwidert er. »Mit wem schreibt sie sich eigentlich wirklich?«, erkundigt er sich dann.

»Das sag ich dir nicht«, antworte ich. »Blümchen ist meine Freundin. Okay?«

BD nickt. »Okay.« Er sieht ziemlich bedröppelt aus.

Seufzend richtet er seine Augen auf Yassi und mit einem Mal zupft ein Lächeln an seinen Mundwinkeln.

»Eigentlich ist er ziemlich nett«, sagt sie kurz darauf zu mir, nachdem die Glastür zum Verwaltungstrakt hinter uns zugefallen ist.

»Hmm«, mache ich. »Netter jedenfalls als Malte und Luis«, was Blümchen mit einem undefinierbaren Grunzen kommentiert.

»Hoffentlich ist Frau Tiffert heute überhaupt da«, meint Yassi. »Vielleicht sollten wir zuerst ins Sekretariat gehen und Frau Zurlitz fragen. Dann könnte sie die

Referendarin und Herrn Jubeik für uns aus dem Lehrerzimmer bitten. Ich glaube, die haben es ohnehin nicht so gern, wenn wir da einfach reinplatzen. »

»Gute Idee«, sage ich und gehe einen Schritt schneller. »Viel Zeit haben wir sowieso nicht mehr. Notfalls müssen wir es in der nächsten großen Pause noch einmal versuchen.«

»Oder auch nicht«, murmelt Yassi und krallt ihre Finger in meinen Ärmel.

Blümchen bleibt wie angewurzelt stehen.

»Was ist denn jetzt wieder ...?«

Der Rest des Satzes bleibt mir im Hals stecken, denn in diesem Moment sehe ich sie ebenfalls – unsere heißgeliebten Pissnelken!

Fein säuberlich aufgereiht wie rosa Kitschperlen stehen Kristina, Annabelle und Marie neben dem Büro des Schulleiters und grinsen uns hämisch an.

Keine *Fräge*, was sie vorhaben: PETZEN steht ihnen quasi in Leuchtbuchstaben auf die Stirn geschrieben.

Wer nicht wagt …

Freitagmittag kurz nach Schulschluss steht fest: Ausnahmslos alle dreihundertfünfzehn Schüler der Jahrgänge fünf bis sieben wollen bei der Unterstufen-Talentpräsentation mitmachen. Sogar Annabelle und Kristina.

Offenbar haben die Pissnelken doch nichts von meiner Idee verraten, sondern etwas anderes mit Direktor Handaufsherz zu besprechen gehabt. Vielleicht wollten sie Yassi, Blümchen und mir aber auch nur einen Schrecken einjagen.

Die Klassensprecher haben jedenfalls super Arbeit geleistet und alles, was wir ihnen bei unserem Treffen an den Getränkeautomaten mitgeteilt haben, sofort an ihre Mitschüler weitergegeben. Sie haben Listen erstellt, in die sich alle eingetragen haben, inklusive Name, Klasse, Alter und besonderes Talent.

Von Comic-Zeichnen über Origamifiguren-Falten und Jonglieren bis Jodeln ist so ziemlich alles dabei. Unglaublich, welche verborgenen Talente allein an unserer Schule vor sich hin schlummern!

Außerdem haben sich sowohl Melanie Tiffert als

auch Carl Jubeik und Kester Lessjahn spontan für unsere Sache begeistert.

»Das wird der absolute Knüller!«, prophezeit Blümchen. Sie umschlingt meinen Hals, drückt mich fest an sich und schmatzt mir hundert Küsse auf die Wangen. »Oh, Lilly, das war die wunderbarste Idee des ganzen Jahrtausends.«

»Jetzt übertreib mal nicht so«, wiegele ich ab, lege die Listen in meinen Kollegblock und stecke ihn zwischen die übrigen Unterlagen in den Rucksack.

Kein Zweifel: Ich bin mindestens so aufgeregt wie sie. Die Zeit, die uns zum Üben bleibt, ist nämlich äußerst knapp. Was sich im Augenblick toll anhört, kann theoretisch immer noch im größten Chaos enden. Und das wäre eine Katastrophe. Denn es würde bedeuten, dass unser Pferdeäppel-Direx recht behielte.

»Wer nicht wagt, der nicht gewinnt«, murmele ich, während ich in meine Jacke schlüpfe. »Stimmt's, Mädels?«

Blümchen reckt sofort ihren Daumen in die Luft. Yassi jedoch ist wieder einmal ungewöhnlich schweigsam.

»Ich hoffe, ihr wollt nicht, dass ich ...«, beginnt sie stockend.

»Doch, genau das wollen wir!«, fallen Blümchen und ich ihr ins Wort. »Schließlich bist du unser Megatalent.«

»Und wenn ich Nein sage?«, gibt sie zaghaft zurück.

»Das darfst du nicht, Yassi«, flehe ich. »Bitte, bitte!«

»Meine Eltern werden unter den Zuschauern sein und Yenge Hatice«, versucht sie, uns klarzumachen, doch ich bin fest entschlossen, ihr dieses Argument nicht durchgehen zu lassen.

»Deine Schwester kommt ganz sicher auch«, halte ich also sofort dagegen. »Busra war schon bei unserem Sommerferien-Buffet auf deiner Seite und sie wird dich auch diesmal ganz bestimmt nicht im Stich lassen. Außerdem könnten Blümchen und ich mit Akin, Fuat und Tarik sprechen.«

Yassi schluckt. »Wenn ihr das tut ...« Sie schüttelt wieder und wieder den Kopf und ihre dunklen Augen füllen sich mit Tränen. »Dann seid ihr nicht mehr meine Freundinnen.«

Sie schnappt sich ihre Tasche und rennt aus dem Klassenraum. Und Blümchen und ich gucken ihr äußerst bestürzt hinterher.

»Was machen wir denn jetzt nur?«, fragt Blümchen mich am nächsten Vormittag, nachdem wir eine Weile miteinander telefoniert hatten und sie schließlich bei mir vorbeigekommen ist, weil man die wichtigsten Dinge im Leben am besten von Angesicht zu Angesicht bespricht. »Wir können sie ja schlecht zu ihrem Glück zwingen.«

»Nein, das können wir nicht«, sage ich, setze mich in meinem Bett auf und lehne mich mit dem Rücken gegen die Wand. »Und wahrscheinlich wäre es auch gar nicht ihr Glück.«

»Hmmm.« Blümchen, die sich auf meinem Schreibtischstuhl niedergelassen hat, wiegt ihren Kopf hin und her. »Und ich habe echt gedacht, dass Yassi nach meiner Befreiungsaktion bei Malte gar nichts mehr erschüttern kann.«

»Ich eigentlich auch«, entgegne ich ratlos und im nächsten Moment fährt mir der Schreck in die Glieder. »Ach, du heiliger Grützbeutel!«

»Was ist denn los?«, fragt Blümchen stirnrunzelnd.

»Ich Blödi habe damals versehentlich seinen Schlüssel eingesteckt«, sage ich.

»Und den hat er noch immer nicht zurück?«, erwidert Blümchen erstaunt.

»Nee.« Ich schüttele den Kopf. »Wahrscheinlich hat er Schiss, dass diese Entführungsgeschichte rauskommt und er Ärger kriegt. Luis hat mir deswegen zwar eine Nachricht geschickt, aber das ist schon fast drei Wo...«

»Du hast mir doch versprochen, seine SMS nicht mehr zu öffnen«, fällt meine Freundin mir ins Wort.

»Ich finde, das gilt nicht mehr«, gebe ich zurück. »Jetzt, wo du Jakob hundert Nachrichten am Tag schreibst.«

»Das kann man nicht miteinander vergleichen«, meint Blümchen. »Jakob ist nicht unser Feind.«

»Aber ein Junge«, sage ich.
»Ein netter.«
»Behauptest du.«
»Ich bin deine Freundin, also musst du mir glauben«, fordert Blümchen von mir. »Jake ist mir sehr wichtig«, fügt sie nach kurzem Zögern mit ernster Miene hinzu. »Mit ihm kann ich über die gleichen Dinge reden wie mit dir.«
»Wozu brauchst du ihn dann?«, frage ich, und es klingt viel patziger, als ich wollte.
»Ach, Lilly.« Blümchen stößt einen tiefen Seufzer aus. »Ich weiß ja, dass du das nicht verstehen kannst ... aber ich mag ihn. Und ich glaube, er mag mich auch.«
Oje!, denke ich erschrocken. Blümchen scheint es aber mächtig erwischt zu haben. Und das, obwohl sie vor wenigen Wochen noch von allem, was mit Jungsschwärmerei und Heiraten zu tun hat, nicht das Geringste wissen wollte!
»Das Blöde ist nur ...«, fährt sie stockend fort und plötzlich sieht sie schrecklich traurig aus, »dass er mich unbedingt treffen will. Zufälligerweise wohnt er nämlich ganz in der Nähe vom Zoo.«
Moment mal. – »Von unserem Zoo?«
Blümchen nickt. »Ich glaube, er geht auf die gleiche Schule wie Jackie.«
Heiliger Fliegendreck!
»Aber das ist doch super«, sage ich wenig überzeugt.
»Ist es eben nicht«, erwidert sie.

»Oh, du hast wohl Angst, dass er dich live doch nicht so toll findet wie ...«

»Lilly!«, unterbricht Blümchen mich jaulend. »Hast du das etwa schon vergessen? Jakob weiß nicht, wie ich aussehe. Ich habe ihm doch ein anderes Foto geschickt. Das Mädchen darauf ist mindestens dreizehn. Sie hat dunkle Haare und sieht megahübsch aus.«

»Das tust du auch«, sage ich.

Blümchen schüttelt den Kopf. »Überhaupt nicht. Ich sehe total langweilig aus.«

»Und wenn Jakob dir auch ein falsches Bild geschickt hat?«

»Hat er nicht«, brummt sie. »Sonst würde er mich ja wohl nicht treffen wollen.«

Das ist ein schlagendes Argument! Vielleicht sieht er in Wahrheit sogar noch besser aus als Daniel Bieber oder Justin Radcliffe. – Was ich ihm nur wünschen kann.

»Wie alt ist er eigentlich?«, frage ich.

»Dreizehn«, sagt Blümchen in einem Tonfall, als würde sie den Einsturz des Eiffelturms verkünden.

»Das passt doch«, ermutige ich sie. »Jungs sind sowieso meistens unterentwickelt.«

»Jakob ganz sicher nicht!«, fährt meine Freundin mich verzweifelt an.

»Und wenn schon«, sage ich. »Ihr versteht euch und das ist ja wohl die Hauptsache.«

»Ach, Lilly!« seufzt Blümchen abermals, springt vom

Stuhl hoch und schmeißt sich neben mich aufs Bett. »Ich würde mich am liebsten eingraben und nie wieder ans Tageslicht kommen.«

»Das ist doch Blödsinn«, sage ich und drücke sie an mich.

»Was soll ich denn jetzt bloß tun?«, jammert sie in meine Halsbeuge.

»Keine Ahnung. Ich war noch nie verliebt.«

»Ich bin nicht verliebt!«, protestiert Blümchen. »Es ist nur ... Ach, ich weiß auch nicht. Ich fühle mich einfach mies, weil ich Jake angelogen habe. Das macht man nicht mit seinen Freunden.«

»Stimmt«, gebe ich ihr recht. »Aber vielleicht verzeiht er dir das ja. Ich meine, wenn er wirklich ein Freund ist.«

»Und wenn er sich in das hübsche dunkelhaarige Mädchen auf dem Foto verguckt hat?«, wendet Blümchen ein.

»Dann könnte er immer noch mit dir befreundet sein«, erwidere ich.

Blümchen schüttelt unwillig den Kopf. »Wie soll das denn gehen? Wenn er die ganze Zeit an eine andere denkt!«

»Also bist du *doch* in ihn verliebt«, sage ich.

»Ja ... nein ...« Blümchen sieht mich aus ihren großen veilchenblauen Augen mit herzergreifendem Blick an. »Mensch, Lilly, ich hab ihn doch noch nie gesehen. Ich meine, richtig gesehen. Und in ein Foto und geschriebene Wörter kann man sich ja wohl nicht verlieben.«

»Außerdem wolltest du sowieso keinen, den du nicht haben kannst«, füge ich nüchtern hinzu.

»Aber genau das weiß ich ja nicht«, hält Blümchen dagegen.

»Dann musst du eben alles riskieren und dich mit ihm treffen«, sage ich. »Danach weißt du's bestimmt.«

Blümchen versenkt ihr Gesicht wieder in meiner Halsbeuge und schweigt. Es fällt mir schwer, mich in sie hineinzuversetzen. Eines jedoch ist sicher: Lieber wird sie für den Rest ihres Lebens verzweifelt sein, als sich auch nur ein einziges klitzekleines Mal mit Jakob zu treffen.

Und das sind keine guten Aussichten.

Natürlich könnte ich vorschlagen, ein weiteres Mal meine Wundersprüchebox zurate zu ziehen, doch nach dem Desaster mit den toten Keksen verkneife ich mir das besser. Denn eigentlich sind ja die schuld an dem ganzen Unglück. Und so mache ich das, was mir als einzige Alternative einfällt: Ich versuche, Blümchen auf andere Gedanken zu bringen.

»Erinnerst du dich an die dicke Frau mit dem großen Hut und dem schwarzbraunen Pinscher in der U-Bahn?«, beginne ich.

»Nee«, antwortet Blümchen zuerst, und dann: »Ach, meinst du etwa diese blöde Kuh, die uns nicht vorbeilassen wollte?«

Ich recke meinen Daumen in die Höhe. »Genau die.«

»Was ist mit der?«

»Ich hab sie wiedergetroffen«, sage ich. »Und zwar noch am selben Tag. Bei Oma Brille.«

Blümchen setzt sich ruckartig auf. »Du veräppelst mich.«

»Leider nicht«, gebe ich zurück. »Und es kommt sogar noch schlimmer ...« Ich mache eine spannungsvolle Pause. »Ich bin mit ihr verwandt!«

»Was?«, stößt meine Freundin hervor. »Das glaub ich nicht. Niemals. Mit so einer doch nicht!«

»Ist aber so«, sage ich. »Sie heißt Elfriede Jordan und ist die Schwester von meinem Opa Herman. Also meine Großtante.«

»Opa Herman?«, fragt Blümchen. »Ist das der, der schon tot war, als du geboren wurdest?«

»Genau.«

»Und ich dachte, der wäre nett gewesen«, erwidert sie.

»Deswegen kann er trotzdem eine blöde Schwester gehabt haben«, gebe ich achselzuckend zurück. »Ich glaube, Oma Brille kann sie auch nicht leiden. Jedenfalls haben die beiden sich ziemlich gestritten. Natürlich nicht direkt vor mir, und ich habe auch nicht alles mitbekommen, aber wenn ich es richtig verstanden habe, ging es darum, dass mein Opa kaum Kontakt zu seiner Schwester hatte und sie sich auch nie bei ihm und Oma Brille gemeldet hat.«

»Hm.« Auf Blümchens Stirn bildet sich eine Steilfalte. »Und was wollte sie von deiner Großmutter? Nach so langer Zeit?«

»Keine Ahnung«, sage ich. »Oma Brille hat mir verboten, mit meinen Eltern darüber zu sprechen, damit Mama sich nicht aufregt. Ja, und nun hat meine Mutter plötzlich einen Brief von einem Notar bekommen.«

»Und? Hat sie erzählt, was drinsteht?«, will Blümchen wissen.

Ich schüttele den Kopf. »Nein. Leider nicht. Allerdings schien es ihr ganz schön den Appetit verdorben zu haben. Beim Abendessen hat sie keinen Bissen runtergekriegt und später ist sie dann noch zu Oma Brille gefahren. Zumindest glaube ich das«, setze ich hinzu. »Ich habe nachts nämlich mitbekommen, wie meine Eltern sich darüber unterhalten haben.«

Blümchen mustert mich abwartend. »Und worum ging es?«

»Mein Vater meinte, dass es gut wäre, einen Rechtsanwalt einzuschalten, aber Mama hielt dagegen, dass Oma Brille das nicht will und eine andere Lösung vorzieht, die meine Mutter ebenfalls für das Beste für uns alle hält.«

»Für euch *alle*?« Meine Freundin schüttelt den Kopf. »Hat sie das so gesagt?«

Ich nicke. »Genauso. Und vorher war die Rede davon, dass Elfriede Jordan ihren Anteil will.«

»Dann kann es ja eigentlich nur um Geld gehen«,

meint Blümchen. »Oder um irgendwas, das deinem Opa gehört hat und das seine Schwester gerne geerbt hätte.«

»Etwa seine Anzüge, Unterhosen und Schlipse?« Ich zeige Blümchen einen Vogel. »Oder die Modellflugzeuge, die er gebaut hat? Das besitzt Oma Brille doch alles gar nicht mehr. Oder es liegt irgendwo in ihrem Haus auf dem Dachboden herum.«

»Für so was müsste man ja wohl keinen Notar und auch keinen Rechtsanwalt einschalten«, erwidert Blümchen. »Außerdem geht es ja anscheinend um euch alle.«

»Hmh.« Nachdenklich nage ich an meiner Unterlippe. »Und um unser Bestes.« – Was das wohl sein soll?

Reich ist Oma Brille jedenfalls nicht. Und ich kann mir auch nicht vorstellen, dass Opa Herman irgendwas Wertvolles besessen hat. Und wenn doch, hat er es bestimmt nicht seiner Schwester vermacht, die er eh nicht leiden konnte, sondern seiner Frau oder seiner Tochter, also Mama.

Na klar, das wird der Grund sein, weshalb sie diesen Brief vom Notar bekommen hat. Und jetzt hat sie mit meiner Großmutter gesprochen und irgendetwas entschieden.

Etwas, das uns alle angeht: Mama, Papa, Jackie, Philipp, Oma Brille und mich.

Es ist gar nicht so einfach, seine Eltern zu beobachten, ohne dass sie etwas davon mitbekommen. Wenn ich Papa ein paar Sekunden länger ansehe als üblich, grinst er blöd, mache ich dasselbe mit meiner Mutter, erkundigt sie sich gleich, ob etwas nicht in Ordnung sei. Und irgendwann fällt es auch meinen Geschwistern auf.

»Was ist mit Lilly los?«, fragt Philipp am Sonntagmorgen, als wir zusammen am Frühstückstisch sitzen. »Sie guckt immer so dämlich.«

»Bestimmt hat sie ihre Tage«, vermutet Jackie.

Ich strecke ihr unauffällig die Zunge raus. Mama bemerkt es natürlich trotzdem und wirft mir einen mahnenden Blick zu.

»Was ist das?«, bohrt Philipp weiter. »Seine Tage haben?«

»Nichts, was uns Männer kümmern müsste«, erwidert Papa, und jetzt guckt meine Mutter *ihn* finster an.

Daraufhin wuschelt mein Vater meinem Bruder durch die Haare und meint: »Wir reden irgendwann später mal drüber, Kumpel. In Ordnung?«

»Nö«, sagt Philipp. »Können das nur Frauen kriegen?«, erkundigt er sich dann mit hochinteressiertem Gesichtsausdruck.

Mama seufzt leise. »Ja, Süßer«, erwidert sie ein wenig ungeduldig. »Und jetzt iss bitte mal dein Brötchen auf. Du knabberst ja schon seit mindestens zehn Minuten an dieser einen Hälfte rum.«

»Ich hab keinen Hunger mehr«, mault Philipp und tippt vorsichtig mit seinem Finger den Tropfen Erdbeermarmelade an, der sich gerade behäbig von seiner Brötchenhälfte in Richtung Teller abseilt. »Ist es das mit dem Blut?«

Mamas Blick fliegt zu Jackie.

»Er ist letztens ins Bad geplatzt, als ich ...«, erklärt sie hastig, doch mein Vater hebt sofort abwehrend die Hände.

»Ich finde nicht, dass das ein Thema für den Frühstückstisch ist.«

»Wie du meinst«, gibt Jackie schulterzuckend zurück. »Jedenfalls hat er es gesehen. Er hat gefragt und ich hab's ihm erklärt. Alles andere wäre ja idiotisch gewesen.«

»Tja, also, ich schätze mal, dass Lilly darüber nachdenkt, wie sie dieses Jahr ihren Geburtstag feiern möchte«, schwenkt Mama geschickt um. »Stimmt's, Schätzchen?«, fragt sie und streicht mir lächelnd über den Arm.

»Ähm ... ja«, sage ich, weil auch ich dies für eine gute Gelegenheit halte, die Aufmerksamkeit, die mir an diesem Morgen zuteil wird, in eine unverfängliche Richtung zu lenken. »Ich glaube, ich feiere gar nicht.«

Enttäuschung breitet sich auf Mamas Gesicht aus.

»Warum denn das nicht?«, will sie wissen. »Immerhin wirst du zwölf.«

»Stimmt«, sagt Philipp. »Das ist ganz schön alt.«

»Überhaupt nicht«, brumme ich. »Aber wir haben doch Freitag dieses Schulfest«, beginne ich mit meiner Erklärung, die hoffentlich auch meine Mutter zufriedenstellen wird. »Dafür müssen wir eine Menge vorbereiten ... Und außerdem ist das ja bereits ein Fest.«

»Ja, schon«, entgegnet sie. »Aber nicht deins. Und wann fällt ein Geburtstag schon mal aufs Wochenende?«, setzt sie hinzu. »So etwas muss man doch ausnutzen.«

»Blümchen und Yassi könnten ja bei mir schlafen«, schlage ich vor. »Wir machen eine DVD-Nacht und ...«

»Das macht ihr auch, wenn keine von euch Geburtstag hat«, erwidert Jackie.

»Das kann dir doch egal sein«, pflaume ich sie an. »Du feierst ja sowieso nicht mit.«

»Vielleicht ja doch«, gibt sie augenzwinkernd zurück.

Na, das wüsste ich aber! Mit ihr, Philipp, meinen Eltern und Oma Brille essen wir Torte, und das war's. So wie immer. Richtig Geburtstag feiern kann man ohnehin nur mit seinen Freunden.

In diesem Jahr habe ich allerdings wirklich keine große Lust auf Party. Ein ganz normaler Kaffeeklatsch wäre mir eigentlich ganz recht.

»Okay«, entscheide ich. »Dann feiern wir eben alle zusammen am Freitagnachmittag bei Oma Brille. Natürlich nur, wenn sie nichts dagegen hat«, füge ich hastig hinzu.

»Bestimmt nicht«, sagt Mama, und ihre Miene hellt sich schlagartig auf. »Oma Brille freut sich immer, wenn bei ihr mal so richtig was los ist.«

Das stimmt – einerseits. Andererseits könnte ich mir vorstellen, dass ihr zurzeit überhaupt nicht nach Rambazamba zumute ist.

Aber das soll meine Mutter mit ihr klären. Die beiden wissen nämlich mit hundertprozentiger Sicherheit mehr als ich.

Den Sonntagnachmittag verbringe ich mit den ersten beiden Seiten des Matheaufgabenzettels. Das meiste davon ist Wiederholung des Stoffes, den wir seit den Sommerferien durchgenommen haben, und entpuppt sich als ziemlich einfach. Wahrscheinlich kommt sogar Jannik damit zurecht.

Was hat der eigentlich als sein besonderes Talent angegeben?, frage ich mich, und plötzlich ist Mathe Nebensache.

Flugs packe ich das Heft und die Aufgabenzettel beiseite und hole meinen Kollegblock hervor. Noch mehr als die Talente der Jungen interessiert mich, was die Pissnelken hierzu eingetragen haben.

Ich lasse meinen Finger über die Namen gleiten und stoppe bei Marie. *Wie Rihanna aussehen*, lese ich.

»Wie soll das denn gehen?«, murmele ich kopfschüttelnd. Außerdem macht sie gar nicht bei uns mit, denn sie ist ja bereits für den Kopfrechnenmarathon eingeteilt.

Wie Rihanna tanzen, steht hinter Annabelles Namen und *wie Rihanna singen* hat Kristina notiert.

»Ich glaub, es hackt«, sage ich und tippe mir an die Schläfe. »Wenn überhaupt jemand wie Rihanna singen könnte, dann wäre es Yassi, aber die will mit ihrem Können ja diesmal leider hinter dem Berg halten. *Halay tanzen* hat sie stattdessen angegeben. – Was auch immer das sein mag!

Bei Blümchen steht: *Ich kenne über 100 Schmetterlingsarten* und Jannik hat *auf den Händen laufen* eingetragen. Björn-Dakota will rappen, Lena einen Origami-Drachen falten, Ole kann angeblich jonglieren und Bent Einrad fahren.

Allein unsere Klasse hat eine ziemlich bunte Mischung zu bieten, und abgesehen davon, dass ich noch immer nicht weiß, was ich als meine besondere Fähigkeit zur Schau stellen soll, steigt plötzlich die ernsthafte Befürchtung in mir auf, dass das Ganze in einem Fiasko enden wird.

»Verdammt noch mal, Lilly, du hattest die Idee«, sage ich mir. »Du kannst jetzt nicht einfach kneifen.«

Die drei Rihanna-Pissnelken würden sich vor lauter Schadenfreude totlachen und für den Rest ihres Lebens mit dem Finger auf mich zeigen, Blümchen würde furchtbar enttäuscht sein und der Rest der gesamten

Unterstufe mich wahrscheinlich für völlig unfähig erklären.

Ein Rückzieher auf den letzten Drücker kommt also gar nicht in die Tüte! Mehr noch: Ich darf mir unter keinen Umständen anmerken lassen, dass ich ziemliches Muffensausen habe, und muss stattdessen alles tun, damit diese Aktion ein voller Erfolg wird.

Lampenfieber

Am Montagmorgen lacht die Sonne vom strahlend blauen Himmel herunter und es ist so mild, dass man fast auf eine Jacke verzichten könnte.

Via Handy verabrede ich mit Blümchen, zur Abwechslung mal wieder mit dem Fahrrad zur Schule zu fahren, und dabei stelle ich fest, dass mir der Eingang einer SMS von Luis entgangen ist. Ich zögere einen Moment, bevor ich sie öffne. Da ich jedoch noch immer im Besitz von Maltes Haustürschlüssel bin, halte ich es für unumgänglich, die Nachricht zu lesen. Und tatsächlich hat Luis mir aus genau diesem Grund geschrieben.

Mach dir keine gedanken wegen des schlüssels, hauptsache, du trägst ihn immer bei dir.

»Natürlich nicht«, murmele ich und renne noch mal ins Haus zurück, um ihn zu holen und im Seitenfach meines Rucksacks zu verstauen. Auf diese Weise habe ich ihn zwar nicht direkt bei mir, ihn in meiner Hosentasche aufzubewahren, ist mir aber zu riskant. Ich möchte ihn auf keinen Fall verlieren. Und deshalb wird es wohl das Beste sein, wenn ich ihn das nächste Mal bei Oma Brille hinterlege, damit Malte ihn sich dort abholen kann, wann immer es ihm in den Kram passt. Na logisch – das ist doch die Lösung! Ich frage mich, wieso ich nicht schon längst darauf gekommen bin und mich stattdessen von Luis herumkommandieren lasse.

Ab freitag kann malte ihn sich bei meiner oma
in der rosenstraße abholen, schreibe ich also zurück.
Mir wäre es nämlich sehr recht,
wenn ich euch möglichst nicht mehr zu gesicht
bekäme.

Hochzufrieden schwinge ich mich auf den Sattel und brause los. An unserem Treffpunkt schließt Blümchen sich mir an, und weil wir bereits spät dran sind, winken wir uns zur Begrüßung nur kurz zu und geben dann richtig Stoff, sodass wir um Viertel vor acht vollkommen aus der Puste den Fahrradunterstand unserer Schule erreichen.

Yassi sitzt bereits auf ihrem Platz im Klassenraum. Heute trägt sie ein besonders hübsches Kopftuch. Es ist pinkfarben und mit unzähligen kleinen Blüten bestickt, in deren Mitte sich jeweils ein winziges Glitzersteinchen befindet.

»Wow, du siehst ja richtig festlich aus«, sagt Blümchen und küsst sie auf die Wange, bevor sie sich auf ihren Stuhl fallen lässt.

»Finde ich auch«, bestätige ich und küsse sie ebenfalls.

»Hat Busra mir geschenkt«, erwidert Yassi. »Eigentlich wollte ich es gar nicht umbinden, aber dann wäre sie bestimmt enttäuscht gewesen.«

»Also, mir gefällt das Tuch total gut«, bekräftige ich noch einmal, woraufhin Yassi nur die Achseln zuckt und in ihren Unterlagen zu kramen beginnt.

Blümchen und ich werfen uns einen ratlosen Blick zu. Dass Yassi nicht besonders glücklich aussieht, haben wir natürlich beide bemerkt. Ich vermute mal, dass es mit unserer Talentpräsentation zu tun hat, werde also den Teufel tun und Yassi darauf ansprechen. Schließlich weiß ich inzwischen aus Erfahrung, dass dieser Schuss nur nach hinten losgehen kann.

Kurz nachdem es zum Unterrichtsbeginn geläutet hat, knackt es im Lautsprecher und die Stimme von Direktor Handaufsherz ertönt.

»Liebe Mitschülerinnen und Mitschüler«, knödelt er. »Um das Training für das Schuljubiläum nicht zu stören, bitte ich in den folgenden Tagen um absolute Ruhe in den Klassenzimmern, auf den Gängen und in der Pausenhalle. Schnelles Laufen, Lachen und Rufen sollten aus Rücksicht auf die Leistungsträger unserer Schule unbedingt vermieden werden. Ich wünsche allen eine schöne Projektwoche.«

Knack!, macht es noch einmal, und dann herrscht für ein paar Sekunden tatsächlich absolute Stille.

»Der hat ja wohl 'n Sockenschuss!«, brüllt Björn-Dakota.

»Na, na, na, na«, kommt es von Melanie Tiffert, die in diesem Moment zur Tür hereinspaziert.

Im Schlepptau hat sie Carl Jubeik und Kester Lessjahn.

»Wo ist denn Mr Mellow?«, fragt Annabelle.

Ich drehe mich zu ihr um und stelle fest, dass die Pissnelken nicht vollständig sind. Klar! Marie muss diese Woche ja mit den anderen Mathegenies Kopfrechnen üben. Kristina und Annabelle sind ganz dicht zusammengerückt, als hätten sie Angst, dass man sie auch noch auseinanderreißen könnte.

»Ihr werdet in dieser Woche keinen regulären Unterricht haben«, verkündet Frau Tiffert, woraufhin Jannik und Lena jubelnd die Arme in die Luft werfen. »Allerdings haben eure Fachlehrer Aufgabenzettel zusammengestellt, mit denen ihr euch während der ersten drei Schulstunden unter unserer Aufsicht beschäftigen könnt.

»Oooaah«, stöhnt Jannik, und Ann-Kathrin fragt: »Haben etwa Sie alle drei die ganze Woche bei uns Aufsicht?«

»Wenn ihr meint, dass einer allein mit euch nicht fertigwird«, gibt Herr Jubeik augenzwinkernd zurück. Er scheint nicht viel älter als die Deutschreferendarin zu sein, hat freundliche helle Augen und lange dunkle Haare, die er im Nacken zu einem Zopf zusammengebunden trägt. »Nein, nein«, erklärt er uns dann. »Wir und noch sechs weitere Kollegen werden auf die Klassen der Unterstufe verteilt. Heute bleibt Frau Tiffert bei euch. Herr Lessjahn und ich sind nur mitgekommen, weil wir uns einen Überblick über die Talente verschaffen möchten, die ihr am Freitag vorführen wollt.«

»Dann klappt es also mit der Sporthalle?«, rufe ich.

Kester Lessjahn nickt. Er hat kurze dunkelblonde Haare und sieht sehr sportlich aus. »Wir werden es sogar so einrichten können, dass eure Präsentation auch für Direktor Handteherz eine Überraschung sein wird«, erwidert er, was ebenfalls lauten Jubel hervorruft.

»Pssst!« Melanie Tiffert legt mahnend ihren Finger an die Lippen. »Ihr habt doch gehört, was der Schulleiter eben durchgesagt hat. Wenn ihr kein Aufsehen erregen wollt, solltet ihr euch lieber daran halten.«

Mit einem Schlag ist es mucksmäuschenstill im Klassenraum. Und plötzlich fängt Kristina quäkend und mit übertriebener Lispelstimme an zu singen.

»Shine bright like a diamond ... shine bright like a diamond ...«

Währenddessen klettert Annabelle ein wenig umständlich auf ihren Stuhl und lässt oberaffig die Hüften kreisen.

Jannik fällt die Kinnlade runter, Björn-Dakota verdreht die Augen und mir bleibt fast die Luft weg. Alle starren die beiden Pissnelken an, auch Melanie Tiffert, Carl Jubeik und Kester Lessjahn.

Als Kristina und Annabelle fertig sind, herrscht betretenes Schweigen. Niemand applaudiert. Ann-Kathrin und Lena kichern leise, die meisten halten peinlich berührt den Blick gesenkt.

»Marie müsst ihr euch jetz noch dazudenken«, sagt Kristina. »Sie sieht dann original wie Rihanna aus.«

»Nie im Leben«, erwidert Bent.

»Tja, daran müsste natürlich noch ein wenig gefeilt werden«, meint Herr Jubeik.

»Marie darf sowieso nicht mitmachen!«, quiekt Ole. »Die ist ja schon beim Kopfrechnenmarathon dabei.«

»Darf sie trotzdem! Sie is ja Unterstufe!«, faucht Kristina. »Und sonst machen wir alle nich mit und beschwer'n uns bein Direx.«

»Das werdet ihr sicher nicht tun«, weist Melanie Tiffert sie mit überraschend scharfer Zunge zurecht. »Und über alles Weitere unterhalten wir uns nachher in der Sporthalle.«

Nachdem ich Herrn Jubeik die Liste unserer Namen und Talente übergeben habe, widme ich mich den Englischaufgaben. Sie sind einfach formuliert und gut lösbar, sodass ich mich anschließend noch eine gute halbe Stunde mit Mister Ungerechts Mathebögen beschäftigen kann. Hin und wieder berate ich mich leise mit Blümchen, Yassi dagegen arbeitet still vor sich hin. Sie ist ziemlich blass um die Nase und wirkt ein wenig mitgenommen.

Meine Befürchtung, dass ihre Eltern ihr die Teilnahme an unserer Talentpräsentation verboten haben könnten, löst sich am Ende der dritten Stunde zum Glück in Wohlgefallen auf. Denn Yassi begleitet uns ganz selbstverständlich zur Sporthalle.

Auf dem Weg dorthin erklärt sie uns, dass Halay ein traditioneller türkischer Tanz ist, der auch bei den jungen Leuten sehr beliebt sei und den Busra ihr beigebracht habe. Ich bin kurz davor, mich vor ihr auf die Knie zu werfen und sie anzuflehen, den Tanz zu vergessen und anstelle von Kristina zu singen, lasse es dann aber doch. Nie und nimmer wird Yassi sich kleiden und bewegen wie Rihanna oder ein anderer internationaler Popstar. Außerdem hat sie mehrmals klar und deutlich gesagt, dass sie sich mit ihrem Stimmenimitationstalent nicht vor so vielen Leuten zur Schau stellen will. Das muss ich akzeptieren, auch wenn es mir zugegebenermaßen unglaublich schwerfällt.

Als wir die Sporthalle betreten, staunen wir nicht

schlecht. Herr Lessjahn hat die Trennwände heraufgezogen, sodass uns alle drei Hallen zur Verfügung stehen. Außerdem hat Hausmeister Böhmer eine Mikrofonanlage installiert, die mitten auf einem großen Holzpodest steht, das als Bühne dient. Dahinter postiert sich nun Carl Jubeik. Er überprüft Funktionsfähigkeit und Lautstärke, indem er einige Male »Hallo, hallo!« in das Mikro ruft. Danach bittet er mich zu sich, als »diejenige, die diese wundervolle Idee hatte!«

»Ja, ja, ja, ja«, jubelt Blümchen und klatscht aufgeregt in die Hände – und mit einem Mal habe ich so wackelweiche Knie wie noch nie in meinem Leben.

»Keine Angst, Lilly Wunderbar«, sagt Herr Jubeik, der mir meine Nervosität offenbar ansieht, »heute musst du noch nicht die Führung übernehmen. Heute werde ich das für dich tun.«

Puh!, denke ich halbwegs erleichtert. Bei dem Gedanken, dass ich innerhalb der nächsten vier Tage die Talente von mehr als dreihundert Schülern miteinander in Einklang bringen soll, wird mir allerdings ein wenig schwindelig.

»Ich habe mir heute Morgen eure Listen durchgesehen«, fährt Carl Jubeik, alias CJ the DJ, unterdessen fort, »und versucht, eure Talente in bestimmte Kategorien zu unterteilen. Da gibt es Musiker, Tänzer, Handwerker, Schauspieler, Artisten und Sportler, einige, die über bestimmte Dinge hervorragend Bescheid wissen, und wieder andere, die besonders gut malen oder zeichnen können. Die Vielfalt eures Könnens hat uns tief beeindruckt«, setzt er hinzu und deutet dabei auf Melanie Tiffert und Kester Lessjahn. »Und wir finden es ganz toll, dass ihr ein großes Publikum daran teilhaben lassen wollt.«

Jubel, Applaus und begeisterte Pfiffe ertönen. Alle Unterstufenschüler mustern einander neugierig. Genau wie ich scheinen sie sich zu fragen, welche unbekannten Fähigkeiten wohl in ihren Klassenkameraden schlummern und ob diese auch wirklich bereit sind, das vor richtig vielen Leuten zu zeigen.

»Darüber hinaus wird es ganz sicher auch den einen oder anderen unter euch geben, der noch gar nicht weiß, über welch verborgenes Talent er verfügt«, setzt der Musiklehrer hinzu. »Leider bleibt uns nicht viel Zeit, sie alle zu entdecken, aber vielleicht gelingt es uns, zumindest einige davon aus euch herauszukitzeln. Nehmen wir beispielsweise Lilly ...«

Als Carl Jubeik meinen Namen nennt, zucke ich regelrecht zusammen. Im nächsten Augenblick spüre ich seine warme Hand auf meiner Schulter.

»Ihr Gehirn scheint eine wahre Ideenschmiede zu sein«, sagt er, »und sie hat es geschafft, euch für diese Aktion zu begeistern. Auch das ist ein besonderes Talent.« Lächelnd reicht er das Mikrofon an mich weiter. »Bitte schön.«

Verdutzt sehe ich ihn an. Ich fühle ich mich ein wenig

überrumpelt, schließlich hat er eben noch gemeint, dass er die Sache heute in die Hand nehmen will. Im ersten Moment weiß ich gar nicht, was ich sagen soll, doch dann, als ich aufhöre, darüber nachzudenken, sprudelt es plötzlich einfach so aus mir hervor:

»Es ist absolut super, dass ihr alle mitmacht«, ertönt meine Stimme aus den Hallenlautsprechern, »und ich glaube, dass wir eine richtig gute Show auf die Beine stellen werden! Jetzt wünsche ich uns allen viel Spaß beim Zusammenstellen und Einüben unseres Talentprogramms.« Puh!

Wieder ertönt Applaus, ein paar Jungs aus meiner Klasse johlen: »Hey! Hey! Hey! Hey!«, und einige Mädchen befeuern mich mit »Lilly, Lilly, Lilly!«-Rufen.

Ein wohliges Prickeln breitet sich in meinem Bauch aus und plötzlich ist sämtliches Muffensausen wie weggeblasen. Stattdessen spüre ich nur noch Lampenfieber. Auch das bringt mein Herz zum Klopfen, jedoch auf eine wunderbar aufregende Weise.

»Du hast eine richtige Moderatorinnenstimme«, schwärmt Blümchen, als wir uns nachmittags bei ihr zu Hause treffen, um eine grobe Programmplanung zu erstellen.

»Ach, Quatsch«, wiegele ich ab. »In ein Mikro sprechen kann doch wirklich jeder.«

»Aber nicht jeder macht das so toll wie du«, erwidert sie. »Du hast uns alle richtig angespornt. Mich auch«, fügt sie mit einem beinahe schüchternen Lächeln hinzu. »Ich habe mir nämlich überlegt, dass ich die Schmetterlingsnamen, die ich kenne, nicht einfach aufsage, sondern rappe ... und zwar zusammen mit BD.«

Ich kneife mich in den Oberschenkel, um sicher zu sein, dass ich nicht träume.

»Du hasst Björn-Dakota«, erinnere ich sie.

»Blödsinn«, brummt Blümchen. »Er geht mir manchmal bloß ein bisschen auf die Nerven. Ich finde allerdings, dass er ziemlich toll rappen kann. Und da habe ich ihn vorhin einfach angerufen und ihn gefragt, ob er Lust hat, etwas mit mir zusammen aufzuführen.«

»Natürlich hat er das«, gebe ich zurück. »Er liebt dich, und er wird sich nur wieder neue Hoffnungen machen, wenn ...«

»Macht er nicht«, fällt Blümchen mir ins Wort. »Ich habe ihm gesagt, dass ich ihn ziemlich okay finde, es mit uns aber niemals etwas werden kann und er sich endlich damit abfinden muss.«

»Wow!«, mache ich. »Das hast du ihm so gesagt?«

»Ja.« Blümchen nickt eifrig. »Hab ich.«

»Und?«, frage ich. »Wie hat er reagiert?«

»Er hat gemeint, dass es in Ordnung ist und dass er immer schon mal Schmetterlingsnamen rappen wollte.«

»Mann«, stoße ich aus. »Das ist ja ... sensationell!«

Und es kommt sogar noch besser.

Während die Schüler der Ober- und Mittelstufe (plus Marie natürlich) sechs sogenannte Projektstunden am Tag mit dem Schreiben hochtrabender Gedichte, dem Einüben der anspruchsvollen Peer-Gynt-Suite von Edvard Grieg, dem Lösen von extrem schweren Kopfrechenaufgaben oder dem Aufbau komplizierter physikalischer Experimente beschäftigt sind und mit angespannten Gesichtern durchs Schulgebäude huschen, haben wir Unterstufler so viel Spaß wie selten zuvor in der Schule.

Innerhalb von drei Tagen stellen wir ein einstündiges Programm zusammen, das es in sich hat. Kern der Talentpräsentation bildet zum einen eine zwei Meter hohe und fast dreißig Meter lange Kulisse aus Rollenpapier, die von den Mal- und Zeichenkünstlern aus allen neun Klassen gestaltet wird, und zum anderen eine richtige kleine Big Band, die fünf verschiedene Stücke präsentieren will, unter anderem auch BB's Butterfly-Rap (BB steht für Blümchen und Björn).

Ein weiteres Stück, das die Band zum Besten gibt, ist eine Disco-Nummer, zu der fünfzig Schülerinnen und Schüler den türkischen Halay tanzen (unter anderem auch Yassi, Fuat, Akin und Tarik). Der Clou hierbei sind Jekaterina und Harriet, die auf Patrick Swayze und Jennifer Grey machen und eine supertolle Dirty-Dancing-Nummer hinlegen.

Die meisten von uns sind sogar dafür, dass dies der abschließende Höhepunkt unserer Talentparty sein soll, Kristina und Annabelle bestehen jedoch darauf, dass ihr Rihanna-Song als Letztes aufgeführt wird.

Am Donnerstag, dem Tag unserer Generalprobe, erscheinen die beiden in glänzenden knallroten Minikleidern. Ihre Haare sind hochtoupiert und ihre Gesichter dunkelbraun geschminkt. Es ist das erste Mal, dass Kristina und Annabelle *Diamonds* auf unserer Bühne zum Besten geben, die meisten unserer Mitschüler wissen also noch gar nicht, was ihnen blüht.

Als die ersten Takte erklingen, Annabelle mehr zappelt als tanzt und Kristina das erste *Shine bright like a Diamond* hervorquält, geht ein Raunen durch die Sporthalle.

Blümchen hat große Mühe, nicht laut herauszulachen. Während sie ihre Fingernägel in meinen Unterarm bohrt, sterbe ich tausend Tode. Es kommt mir so vor, als würde Kristina nie mehr aufhören, aber dann ist auf einmal doch alles vorbei und es herrscht Totenstille.

Beschämt registriere ich, wie Kristina und Annabelle sich verbeugen und ihre Augen vor Stolz leuchten, und ein paar beklemmende Atemzüge lang weiß ich nicht, wer mir mehr leidtut, sie oder wir übrigen dreihundertdreizehn Schüler.

»Also, wenn ihr das bringt, bin ich nicht mehr dabei«, durchbricht eine Stimme die Stille, und eine schmale

Sechstklässlerin macht ein paar Schritte in Richtung Bühne. »Ich will dir echt nichts Böses«, wendet sie sich direkt an Kristina, »aber ich finde, du kannst nicht besonders gut singen.«

»Du hass ja überhaupt keine Ahnung!«, keift Kristina los. »Ich singe hier Rihanna und das bleibt so.«

»Dann hör ich ebenfalls auf«, verkündet Christopher. Er legt seine Schlagzeugstöcke ab und springt von der Bühne herunter.

»Ich auch«, sagt Harriet.

»Verdammt, Lilly, tu was«, raunt Blümchen mir zu. »Es kann doch nicht sein, dass wegen dieser dummen Pissnelke die ganze Aktion kippt.«

Ich werfe einen hilflosen Blick zu den Lehrern hinüber, die reglos am Hallenrand stehen, doch offensichtlich haben sie sich entschlossen, nicht einzugreifen.

»Na gut«, sage ich, erklimme die Bühne und nehme Kristina das Mikro aus der Hand.

»Ey, du Kuh, geb mir das gefälligst wieder!«, blafft sie mich an.

»Tut mir leid, Kristina, aber ich bin die Moderatorin«, entgegne ich, und obwohl mir das Herz bis zum Hals hinaufklopft, klingt meine Stimme erstaunlich ruhig. »Und ich habe entschieden, dass wir nun alle darüber abstimmen, ob ihr diesen Rihanna-Song aufführt oder nicht. Also ...«, richte ich mich an meine Mitschüler. »Wer ist dafür?«

Außer den beiden Pissnelken selber meldet sich niemand, und ich höre, wie Blümchen »Oh Gott, wie peinlich!« von sich gibt.

»Wieso frägst du nicht andersrum?«, faucht Kristina.

»Kein Problem«, sage ich schulterzuckend. »Wenn du darauf bestehst, machen wir jetzt die Gegenprobe.« Und damit wende ich mich wieder meinen Mitschülern zu. »Wer von euch möchte nicht, dass Annabelle und Kristina *Diamonds* oder irgendein anderes Lied singen?«, frage ich ins Mikro.

Augenblicklich schnellen alle Finger hoch. Manche heben sogar beide Arme, und ein paar Jungen fangen an zu grölen: »A and K, get away! A and K, get away! A and K …!«

»Stopp!«, rufe ich. »Sofort aufhören!« Schadenfreude hin oder her, aber so etwas geht gar nicht. Nicht einmal den Pissnelken gegenüber. »Das ist unfair und passt überhaupt nicht zu unserer Aktion.«

»Lilly hat recht«, höre ich jemanden sagen, und ein paar andere klatschen Beifall.

»Tsh!«, macht Kristina und wirft affektiert ihren Kopf in den Nacken. »Das habt ihr jetz davon. Wenn wir nich dabei sind, sag ichs dem Direx.«

Sie packt Annabelle am Handgelenk und zerrt sie hinter sich her auf die Umkleideräume zu.

»Petze!«, brüllt Bent ihnen hinterher, und Lena fragt: »Was machen wir denn jetzt?«

»Ganz einfach«, sage ich. »Unser Programm wird um vier Minuten gekürzt. Es sei denn …«

»Ich springe für sie ein!«, ruft Yassi. »Ich kann den Text.« Blass vor Aufregung und den Blick fest in meine Augen gerichtet, kommt sie auf mich zu. »Aber ich ziehe mich nicht wie Rihanna an.«

»Das musst du auch nicht«, erwidere ich.

Mein Herz schlägt einen Purzelbaum nach dem anderen und am liebsten würde ich meine Freude laut herausjubeln.

Doch ich reiße mich zusammen und strecke Yassi nur lächelnd meine Hand entgegen, um ihr auf das Bühnenpodest zu helfen.

»Und ich möchte, dass du hier bei mir bleibst«, wispert sie mir ins Ohr. »Bitte.«

»Okay«, sage ich leise und winke Christopher ans Schlagzeug zurück.

Er nimmt seine Stöcke und kurz darauf setzt die Musik ein zweites Mal ein.

»Shine bright like a diamond«, singt Yassi. »Shine bright like a diamond.«

Wenn ich nicht sicher wüsste, dass sie es ist, die den Song zum Besten gibt, würde ich mein ganzes Hab und Gut verwetten, dass Rihanna höchstpersönlich in unsere Sporthalle gekommen ist.

Bis zum Refrain lauschen alle wie gebannt, dann fangen die ersten an zu tanzen. Auch ich beginne ganz automatisch, mich im Takt zu bewegen. Breit grinsend lasse ich meinen Blick über die Menge gleiten, bis er schließlich auf Akin, Fuat und Tarik fällt.

Die drei stehen ein wenig abseits, haben die Arme vor der Brust verschränkt und starren finster zu Yassi herüber.

Doppeljubiläum

»Und du bist wirklich sicher, dass du diesen Auftritt machen willst?«, frage ich Yassi, als sie, Blümchen und ich uns nach der Generalprobe in Richtung U-Bahn-Station in Bewegung setzen. Yassi zupft ihr hübsches pinkfarbenes Kopftuch zurecht, presst die Lippen aufeinander und nickt entschlossen.

»Besonders glücklich siehst du aber nicht aus«, meint Blümchen.

»Mhm«, bestätige ich. »Die ganze Woche über schon nicht.«

»Stimmt. Ich fühle mich ziemlich mies«, gibt Yassi offen zu. »Und zwar weil ich es niemandem recht machen kann.«

»Das musst du ja auch gar nicht«, gebe ich zurück. »Blümchen und ich finden es nicht schlimm, dass du manche Dinge nicht tun willst.«

»Ihr vielleicht, Busra allerdings ...«

»Busra?«, stoßen Blümchen und ich gleichzeitig aus.

»Mit ihr hast du dich doch immer supergut verstanden«, setze ich erstaunt hinzu.

»Tja, ob ihr es glaubt oder nicht, aber ich habe gerade ziemlichen Stress mit ihr«, sagt Yassi ungehalten.

»U-und wieso?«, stammele ich.

»Mein Kopftuch findet sie völlig okay«, brummt Yassi. »Dass ich mich nicht mit Akin und Yenge Hatice anlegen will, jedoch nicht.«

»Aber genau das hast du heute getan«, sage ich. »Du hast dich mit Akin, Fuat und Tarik angelegt.«

»Ich weiß«, erwidert Yassi. »Und ich bin mir alles andere als sicher, ob es richtig war.«

»Okay, dann streichen wir die Nummer eben«, beschließe ich. »Das ist überhaupt kein Ding.«

»Doch, das ist es«, knurrt Yassi. »Ich kann jetzt nicht mehr zurück. Das würde nämlich bedeuten, dass ich mich dem Willen der Jungen beuge. Und das möchte ich auf gar keinen Fall.«

»Klingt gut«, meint Blümchen und schlingt Yassi ihren Arm um den Nacken.

»Find ich auch«, sage ich und drücke ihr einen Kuss auf die Wange. »Ganz egal, was passiert, wir halten immer zu dir. Das ist ja wohl klar.«

»Ich weiß.« Endlich huscht ein Lächeln über Yassis Gesicht. »Ihr seid die besten Freundinnen, die man sich nur vorstellen kann.«

Abends vor dem Einschlafen denke ich fast mehr an Yassi und ihren Mut als an meinen Geburtstag, der vor unserem Auftritt morgen völlig in den Hintergrund geraten ist. Wieder einmal dauert es eine ganze Weile, bis ich endlich einschlafe, und dann endet die Nacht viel zu schnell und viel zu laut.

»Tätäää!«, trötet jemand in mein Ohr, und ich schieße wie eine Rakete in die Höhe.

»Happy Birthday to you, happy Birthday to you!«, singen Mama, Papa, Jackie und Philipp im Chor.

»Mann, ihr seid vielleicht bekloppt«, beschwere ich mich. »Fast hätte ich einen Herzinfarkt bekommen.«

»Garantiert nicht«, gibt Jackie zurück und wirft ein buntes Päckchen auf meine Bettdecke. »Wenn du deine Geschenke noch vor der Schule auspacken willst, solltest du allmählich mal aufstehen.«

Das entspricht nicht ganz der Wahrheit, denn das Schulfest beginnt erst um zehn. Theoretisch hätte ich also noch mindestens eine Stunde länger schlafen können. Trotzdem bin ich froh, dass meine Eltern und Geschwister mich geweckt haben und wir noch ein bisschen Geburtstag feiern können.

Da ich mir dieses Mal eigentlich gar nichts gewünscht habe, ist es sogar besonders spannend, die Geschenke auszupacken. Von Mama und Papa bekomme ich eine komplette Zeltausrüstung inklusive Riesenluftmatratze, Mumienschlafsack, Gaskocher und Stablampe.

»Damit kannst du im Herbst zwar nicht viel anfangen, aber im nächsten Frühsommer vielleicht«, meint Papa augenzwinkernd.

»Das Zelt ist super!«, jubele ich und falle meinen Eltern nacheinander um den Hals. »Und ob ich im Herbst etwas damit anfangen kann!«

Ich werde nämlich gleich heute mit Blümchen und Yassi darin übernachten.

Jackie schenkt mir ein total süßes T-Shirt mit einem Glitzerherz vorne drauf und Philipp überrascht mich mit einer selbst gebastelten Kette aus einem Lederband und Fimo-Perlen.

Nachdem ich alles ausgepackt habe, bin ich putzmunter. Ich flitze unter die Dusche, knete Gel in meine Haare und schlüpfe in Jackies T-Shirt. Dazu wähle ich eine Sternchenstrumpfhose und meinen heiß geliebten Jeansrock, den ich viel zu selten trage. Und als ich zwanzig Minuten später dann am festlich gedeckten Frühstückstisch sitze, bekomme ich kaum etwas von dem Sahnekakao und den frisch gebackenen Croissants herunter. Das Lampenfieber hat mich voll im Griff. Dabei kann doch eigentlich überhaupt nichts mehr schiefgehen ...

Weil wir Unterstufenschüler uns auf unseren Auftritt vorbereiten müssen, können wir uns nur einen kleinen Teil der Hauptpräsentationen anschauen. Auf dem Weg zur Aula, in der das Orchester die Peer-Gynt-Suite spielt, die Yassi, Blümchen und ich uns anhören wollen, stoßen wir fast mit Direktor Handteherz zusammen, der stocksteif im grauen Anzug und mit der hässlichsten Krawatte, die die Welt je gesehen hat, um die Ecke stolziert kommt.

»Wir sprechen uns noch, Fräulein ... äh, Wunderbar«, knödelt er, ohne mich richtig anzusehen, und marschiert dann einfach weiter.

»Alles klar«, brummt Blümchen. »Die Pissnelken haben tatsächlich gepetzt.«

»Das ist mir völlig egal«, sage ich. »Meinetwegen soll Pferdeappel Handaufsherz mir doch einen Einlauf verpassen. Hauptsache, er sagt unseren Event nicht ab.«

»Das wird er nicht wagen«, prophezeit Yassi. »Immerhin haben wir drei Lehrer und Hausmeister Böhmer auf unserer Seite.«

»Außerdem ist Herr Lessjahn Unterstufenleiter und schon fast zwanzig Jahre an der Pappelschule«, bekräftigt Blümchen. »In ungefähr zwei Stunden, sobald hier im Hauptgebäude das Jubiläumsbuffet eröffnet ist, wird er eine Lautsprecherdurchsage machen und alle Gäste in die Sporthalle hinüberbitten. Dagegen wird Handaufsherz wohl kaum etwas tun können.«

»Im Gegenteil, meine Lieben«, ertönt eine bekannte Stimme hinter uns. »Ich werde ihn sogar eigenhändig hinüberführen.«

Blümchen, Yassi und ich wirbeln herum.

»Frau Traube-Bömmelein!«, rufen wir wie aus einem Mund. »Sie?«

»Ich habe doch versprochen, dass ich zur Jubiläumsfeier komme«, erwidert unsere alte Direktorin lächelnd. »Und ich bin sicher, ich werde euren Auftritt sehr genießen.«

Da sie sich ebenfalls das Orchester anhören will, gehen wir gemeinsam zur Aula und Frau Traube-Bömmelein erzählt uns unterwegs, welche Länder und Städte ihr Mann und sie in den nächsten neun Monaten bereisen werden.

»Sie kommen doch auf jeden Fall zurück, oder?«, frage ich.

»Aber natürlich, mein Kind!«, versichert sie. »Das ist bereits alles geklärt.«

Wir wünschen ihr eine gute Reise und suchen uns drei Plätze in den hinteren Reihen, damit wir die Aula nach dem Konzert möglichst schnell wieder verlassen und zur Sporthalle hinüberlaufen können.

Die Mitglieder des Orchesters – siebenunddreißig Schüler und Schülerinnen aus den Klassen neun bis dreizehn – sind festlich in schwarzen Hosen und Röcken und weißen Hemden und Blusen gekleidet.

Meine beiden Freundinnen können sich allerdings auch sehen lassen. Passend zum Butterfly-Rap trägt Blümchen eine weite weiße Bluse, riesige Kreolen und eine zottelige Fellweste. Genau wie meine Strumpfhose ist Yassis T-Shirt mit Sternen bedruckt und auch sie trägt einen Rock. Das pinkfarbene Kopftuch sieht sehr hübsch dazu aus.

Die Peer-Gynt-Suite beginnt ganz ruhig, wird zum Ende hin aber immer schneller und dramatischer und macht mich so zappelig, dass ich die Aula vorzeitig verlassen muss, weil ich sonst garantiert noch mit meinem Stuhl umgekippt wäre.

»Mensch, Lilly, nur die Ruhe«, wispert Blümchen, die sofort hinter mir hergeeilt kommt. »Es wird alles gut gehen. Da bin ich mir sich...«

Sie bricht urplötzlich ab, dreht sich blitzartig um und rennt wie von der Tarantel gestochen den Gang hinunter.

»Was ist denn jetzt schon wieder los?«, fragt Yassi verwundert und drückt die Glastür zur Aula leise hinter sich zu.

»Keine Ahnung«, sage ich und blicke Blümchen ratlos nach. »Vielleicht will sie noch irgendwas aus ihrem Rucksack holen. Zumindest liegen unsere Spindschränke in der Richtung, die sie eingeschlagen hat.«

»Sie hätte ja mal was sagen können«, entgegnet Yassi.

Ich winke ab. »Du kennst doch Blümchen. Bestimmt ist sie genauso schnell wieder hier. Sie hat ja keinen Grund, vor irgendetwas wegzulaufen.«

Ich habe den Satz kaum ausgesprochen, da stockt mir vor Schreck der Atem. Denn genau in diesem Moment bemerke ich Justin Radcliffe, äh ... Daniel Bieber, alias Jakob-popa-kob. Er schlendert gerade auf den naturwissenschaftlichen Trakt zu, die Hände lässig in den Taschen seiner weiten Hose vergraben und die Haare ebenso lässig mit einer Mütze bedeckt. Er sieht haargenau so aus wie auf dem Foto, das Blümchen auf ihrem Handy hat.

»Ach, du heiliger Grützbeutel!«, stoße ich hervor.

»Was meinst du?«, fragt Yassi.

»Den da«, sage ich und deute auf Jakob. »Blümchens Schwarm.«

»Was?«, haucht Yassi. »Blümchen hat einen Schwarm?«

»Ja, und das ist noch lange nicht alles«, erwidere ich und deute in die Richtung, in die unsere Freundin geflüchtet ist. »Komm!«

Während wir zu den Spinden eilen, erzähle ich Yassi hastig von Blümchens falschem Foto. »Ich wette, sie wird nicht auftreten«, orakele ich.

»Unsinn«, gibt Yassi zurück. »Dieser Jakob weiß doch gar nicht, wie sie aussieht.«

Das ist absolut richtig. Aber: »Solchen Dingen kann man mit Logik nun mal nicht beikommen.«

»Hmm.« Yassi sieht mich fragend an. »Und was machen wir jetzt?«

»Das weiß ich leider auch nicht«, brumme ich.

Alles, was mir dazu einfällt, ist, die Wundersprücheersatzschachtel zurate zu ziehen. Die steckt in meinem Rucksack und der befindet sich in meinem Spind.

»Komm weiter«, treibe ich Yassi an, beschleunige

meinen Schritt und ziehe mein Handy hervor, um eine SMS zu schreiben.

Ich weiß, was los ist, ich habe ihn gesehen. Lilly*

BD muss allein auftreten. Bitte sag ihm bescheid.*

kommt es prompt von Blümchen zurück.
Wusste ich es doch!

Alles klar. Wo steckst du?, tippe ich.

Auf 'm klo.

O.k. bleib, wo du bist. (Lilly)

Worauf du dich verlassen kannst! ☹

Vor meinem Spindschrank mache ich eine Vollbremsung, öffne ihn und zerre den Rucksack heraus. Wenige Sekunden später halte ich die geöffnete Wundersprücheersatzschachtel in der Hand.

»Was muss passieren, damit Blümchen doch auftritt?«, rattere ich flüsternd herunter und ziehe einen Zettel raus.

Eigenlob stimmt steht darauf. – Alles klar!

Während Yassi auf den Spruch starrt, packe ich alles wieder in den Spind zurück, schließe ab und laufe los.

»Jetzt warte doch mal!«, ruft Yassi.

»Keine Zeit«, keuche ich.

Im Gegensatz zu sonst weiß ich diesmal nämlich zum Glück ganz genau, was ich zu tun habe. Entscheidend ist, dass ich Jakob wiederfinde. Und zwar so schnell wie möglich.

In fliegender Hast rasen Yassi und ich die Gänge entlang zum Nawi-Trakt. Immer wieder müssen wir Eltern, Lehrern und Schülern ausweichen oder sogar stehen bleiben und warten, bis sie uns Platz machen. Nacheinander klappern wir den Hörsaal, die beiden Chemielabore und den Physikraum ab, doch von Jakob fehlt jede Spur. Also rennen wir wieder zurück, in der Hoffnung, ihn in der Nähe des Buffets zu finden.

Und plötzlich steht er breit grinsend vor uns.

»Gehört das, was ihr hier gerade veranstaltet, etwa auch zur Leistungsschau eurer Schule?«, erkundigt er sich.

»Was?«, frage ich, dann schüttele ich den Kopf. »Nein, wir haben dich gesucht.«

»Mich?« Irritiert sieht er zwischen Yassi und mir hin und her.

»Wenn du Jakob heißt und dir seit drei Wochen mit Blü… ähm, Kamilla schreibst …«

»Genau der bin ich«, bestätigt Jakob, »und ich suche ebenfalls. Allerdings nicht euch, sondern besagte Kamilla.«

»Die wirst du leider nicht finden«, entgegne ich.

»Und zwar, weil sie vollkommen anders aussieht als auf dem Foto, das sie dir geschickt hat. Sie hat deswegen auch ein furchtbar schlechtes Gewissen«, fahre ich fort. »Aber weißt du, sie denkt, sie wäre nicht hübsch. Und deshalb hat sie ein bisschen eigenlobgehudelt.«

Jakob stutzt, dann gibt er ein kurzes Pfeifen von sich.

»Darum also wollte sie mich nicht treffen!«

»Genau. Und sie hat auch keine Ahnung, dass ich dir das erzähle«, setze ich hinzu. »Wahrscheinlich wird sie mich erwürgen. Aber vielleicht möchtest du sie dir trotzdem mal ansehen. Ich meine, bevor sie ins Gefängnis kommt.«

Wieder dieses breite, supersympathische Grinsen.

»Klar will ich das«, sagt Jakob. »Und wie ich das will.«

Also bugsieren Yassi und ich ihn zu den Mädchenklos. Unterwegs bemerke ich Fuat, Akin und Tarik, die offenbar mal wieder nichts Besseres zu tun haben, als Yassi zu *beschützen*. Keine Ahnung, ob meine Freundin die drei Jungs auch gesehen hat. Sie lässt sich jedenfalls nichts anmerken.

»Warte hier, ich hole sie«, sage ich zu Jakob.

»Das mache ich lieber selbst«, erwidert er kopfschüttelnd, und ehe ich michs versehe, hat er bereits die Tür aufgestoßen und den Vorraum betreten. »Kamilla Eriksdóttir!«, ruft er. »Wo steckst du?«

Alle Mädchen, die an den Waschbecken oder in der Warteschlange stehen, glotzen Jakob an, doch er beachtet sie nicht weiter, sondern zwängt sich ganz selbstverständlich an ihnen vorbei, spaziert an den Kabinen entlang und klopft an jede einzelne Tür. Yassi und ich bleiben dicht hinter ihm.

»Kamilla Eriksdóttir, hier spricht Jakob Vrede! Es ist mir egal, wie du aussiehst, ich finde dich nämlich toll!«

Ein paar der wartenden Mädchen kichern leise, die meisten jedoch halten den Atem an und fixieren die Toilettentüren.

Einige quälende Atemzüge lang passiert gar nichts. Dann ertönt plötzlich das Entriegelungsgeräusch und im nächsten Moment fliegt die hinterste Tür auf.

»Ich bringe dich um, Lilly Wunderbar!«

Mit hochrotem Kopf stürmt Blümchen auf mich zu. Doch Jakob ist schneller. Er packt sie am Arm und zieht sie zu sich herum.

»Das wirst du nicht tun«, entgegnet er. »Ohne den beispielhaften Einsatz deiner Freundin hätte ich dich nämlich womöglich nie zu Gesicht bekommen.«

»Yeah!«, ruft eine der älteren Schülerinnen und klatscht in die Hände. »Wenn das nicht romantisch ist!«

Blümchen sieht aus, als würde sie jeden Augenblick tot umfallen.

»Hey, Kamilla«, sagt Jakob leise und lächelt sie offen an. »Nett, dich kennenzulernen.«

»Ich nehme an, dass ihr euch noch ein bisschen unterhalten wollt«, sage ich zu Blümchen, nachdem sie, Jakob, Yassi und ich das Mädchenklo wieder verlassen haben. »Wir gehen derweil schon mal in die Sporthalle rüber.«

Blümchen sagt nichts, sondern strahlt mich nur an und nickt kaum merklich.

»Aber vergiss deinen Auftritt nicht«, ermahne ich sie.

»Keine Sorge«, meint Jakob. »Ich sorge persönlich dafür, dass sie pünktlich erscheint.«

»Mann, der ist ja vielleicht einer«, raunt Yassi mir zu, als wir das Schulgebäude verlassen haben. »Und er hat dich nicht mal gefragt, ob Blümchen dick ist oder viele Pickel hat.«

»Nee.«

Ihr Aussehen scheint ihm tatsächlich nicht wichtig zu sein – was ihn mir noch umso sympathischer macht!

»Himmel noch mal, Lilly!«, stößt Yassi plötzlich hervor. »Wie konnte ich das bloß vergessen!«, ruft sie und schlägt sich gegen die Stirn.

»Was denn?«, frage ich.

»Na, deinen Geburtstag!« Und da baumelt sie auch schon an meinem Hals und küsst mich auf die Wangen. »Herzlichen Glückwunsch!«

»Danke«, sage ich lachend und drücke sie sanft.

Blümchen hatte mir bereits morgens am Telefon gratuliert, als ich sie anrief, um ihr zu sagen, dass sie ihren Schlafsack mit zu Oma Brille bringen soll. Auch Yassi erzähle ich jetzt von meiner neuen Campingausrüstung und dass ich vorhabe, heute mit ihnen im Zelt zu übernachten.

»Oh«, sagt sie. »Ich besitze gar keine Isomatte und auch keinen Schlafsack.«

»Kein Problem«, gebe ich zurück. »Meine Luftmatratze reicht für drei und Jackies Schlafsack habe ich vorsorglich ebenfalls eingepackt. Jetzt brauchst du nur noch die Erlaubnis deiner Eltern.«

Beim Erwähnen ihrer Familie wird Yassi sofort wieder ein wenig blass um die Nase.

Ich möchte ihr am liebsten gut zureden und ihr versichern, dass niemand ihr den Rihanna-Auftritt übel nehmen wird, aber gerade das weiß ich ja leider selber nicht so genau. Und dann passiert tatsächlich etwas, das mir mit einem Schlag das Herz in die Hose rutschen lässt.

Yassi und ich haben soeben die Sporthalle erreicht, als jemand ihren Namen ruft. »Hey, Yasemin, warte mal!«

Es ist ihr Cousin Akin, der mit Fuat und Tarik auf uns zugelaufen kommt.

Na toll, denke ich. Jetzt haben sie also ihre Geheimüberwachung aufgegeben und gehen zum Frontalangriff über. *Du darfst das nicht tun, das ist unanständig,* höre ich Akin bereits auf Yassi einreden. *Das wird deine Tante Hatice dir niemals verzeihen. Du bringst den Familienfrieden in Gefahr.*

»Was willst du?«, fragt Yassi fast ein wenig patzig, als die Jungen schließlich vor uns stehen.

Akin nimmt seinen Rucksack von der Schulter und öffnet ihn.

»Dein neues Tuch ist wirklich sehr hübsch«, sagt er. »Wir finden nur, dass es nicht so richtig zu Rihanna passt ... und da haben wir gedacht, wir legen zusammen und besorgen dir das hier.«

Mit diesen Worten zieht Akin etwas aus seinem Rucksack hervor, das im ersten Moment wie ein pinkfarbenes Plüschmonster aussieht, sich dann jedoch als äußerst coole Perücke entpuppt.

Völlig verdattert starren Yassi und ich ihn an.

»Das ... ist ... ziemlich genial«, erwidere ich. – Und richtig süß noch dazu! Die Jungs haben sogar darauf geachtet, dass dieses fransig geschnittene Haarteil mit den Glitzersternchen die gleiche Farbe hat wie ihr Kopftuch.

Fuat und Tarik grinsen breit vor Stolz.

»A-aber das hier ist mein Glückstuch«, stammelt Yassi.

»Eben!«, rufe ich. »Es hat dir sogar richtig Glück gebracht«, flüstere ich ihr zu. »Komm, lass es uns gleich mal ausprobieren.«

Ich nehme Akin die Perücke aus der Hand und griene ihn noch einmal kurz an, bevor ich die Tür aufdrücke und Yassi zu den Umkleideräumen ziehe.

Es kostet mich meine ganze Überredungskunst, sie in den Duschvorraum zu locken und dazu zu bringen, die Perücke wenigstens mal probehalber aufzusetzen.

»Ob du sie wirklich trägst, kannst du dann ja immer noch entscheiden«, sage ich. »Auf jeden Fall ist es unheimlich nett von den Jungs. Und außerdem eine richtig tolle Idee.«

»Aber dann mache ich ja doch wieder nur, was sie wollen«, erwidert Yassi mit dünner Stimme.

»Das ist kompletter Blödsinn«, weise ich sie energisch zurecht. »Sie zeigen dir damit, dass sie dein Talent toll finden. Und dass sie viel weniger hinterwäld... ähm, traditionell ticken, als du denkst.«

Yassi nickt. Zögernd nimmt sie ihr Kopftuch ab und legt es über meine Schulter. Dann hebt sie ihre dunklen Locken hoch, zwirbelt sie auf dem Hinterkopf zusammen und ich streife ihr die Perücke über.

»Wow«, sage ich und zupfe noch ein wenig daran herum. »Die steht dir richtig gut. Vielleicht solltest du sie öfter tragen«, füge ich augenzwinkernd hinzu.

»Bestimmt nicht«, erwidert Yassi, aber ihre Augen strahlen und sie kann den Blick kaum vom Spiegel abwenden.

Ich sehe derweil auf meine Armbanduhr und stelle fast ein bisschen erschrocken fest, dass die Zeit nur so dahingeflogen ist.

»Mensch, Yassi, in einer halben Stunde geht es los. Ich hoffe, Blümchen verpasst ihren Einsatz nicht.«

Tatsächlich erscheint unsere Freundin erst auf den letzten Drücker in der Sporthalle. Ihr bleibt nicht mal die Zeit, uns zu erzählen, wie ihr Überraschungsdate mit Jakob gelaufen ist. Da Blümchen allerdings ziemlich glücklich aussieht, kann es eigentlich nur gut gewesen sein.

Um Punkt fünf vor halb zwei stehen alle bereit. Die Zuschauertribünen sind schon fast gefüllt und noch immer strömen Leute herein. Von jetzt auf gleich bin ich so aufgeregt, dass ich nicht mehr still auf der Stelle stehen kann. Hektisch laufe ich auf und ab und gehe dabei in Gedanken meinen einstudierten Begrüßungstext durch, doch die Sätze purzeln völlig ungeordnet in meinem Kopf herum. Ich kann mich partout nicht konzentrieren, und auf einmal habe ich Angst, dass ausgerechnet ich mit meiner Moderation die Aufführung versemmele.

Dreh jetzt nicht durch, Lilly, du schaffst das schon, rede ich mir selber Mut zu. Noch einmal lasse ich meinen Blick über die Zuschauerreihen gleiten – und da entdecke ich Papa, Mama, Oma Brille, Jackie und Philipp schräg gegenüber. Sie lächeln und winken mir zu. Ich winke zurück und plötzlich bin ich die Ruhe selbst.

Als hätte ich meinen Lebtag nichts anderes gemacht, nehme ich das Mikro und rufe:

»Herzlich willkommen zum Unterstufen-Jubiläumsevent der Pappelschule! Ich wünsche euch und Ihnen allen viel Spaß!«

Tack-tack-tack machen Christophers Schlagzeugstöcke und dann spielt unsere kleine Big Band *Happy Birthday* von Stevie Wonder.

Ich hocke mich an den Rand des mit Alufolie und blinkenden Lichterketten geschmückten Bühnenpodests und verfolge von dort aus die Darbietungen meiner Mitschüler.

Die Papierwand ist als Naturlandschaft bemalt worden. Die Künstler selbst haben sich als Bäume und Blumen verkleidet und wiegen sich im Takt der Musik. Lena und mindestens zehn Mädchen aus den Parallelklassen werfen Origami-Drachen ins Publikum, während Jannik auf Händen die Halle umrundet, Ole und Emily aus der 5a mit Bällen jonglieren und Bent sein Können auf dem Einrad zeigt.

Anschließend stimmt die Band ein klassisches Stück an, zu dem Ballett getanzt wird und Übungen am Barren, Schwebebalken und auf dem Boden vorgeführt werden.

Danach betreten drei Mädchen und ein Junge in bayerischen Trachten die Bühne und jodeln, was das Zeug hält. Gleichzeitig treiben einige als Clown verkleidete Schüler allerlei Schabernack. Sie stolpern über ihre großen Schuhe, lassen Luftballons platzen oder klauen sich gegenseitig ihre Nasen.

Die Leute auf der Tribüne lachen, schunkeln, pfeifen und klatschen. Ich lache und schunkele mit. Vom Lampenfieber spüre ich überhaupt nichts mehr. Im Gegenteil: Meinetwegen kann es ewig so weitergehen.

Nach den Halay-, Hip-Hop- und Dirty Dancing-Tanzeinlagen ist es dann endlich so weit. Blümchen und Björn-Dakota betreten die Bühne. BD streckt die Finger aus und schwingt seinen Arm auf und nieder, während er vor- und zurückgeht und mit tiefer Stimme Schmetterlingsnamen rappt.

»Manjola Jurtina, Coenonympha Pamphilus, Hipparchia Semele …«

Blümchen dreht sich im Kreis und singt den Refrain: »Kleiner Fuchs, Distelfalter, Admiral …«

Die zweite Strophe rappen sie dann gemeinsam:

»Issoria Latonia, Heteropterus Morpheus, Calamia Tridens …«

Die Zuschauer johlen und überschlagen sich geradezu vor Begeisterung und wollen die beiden fast gar nicht mehr gehen lassen.

»Vielen, vielen Dank«, sagt Blümchen ein wenig atemlos ins Mikrofon und reicht es dann an mich weiter.

»Auch mir hat dieser Schmetterlingsrap supergut gefallen«, rufe ich dem Publikum zu. »Aber bitte strapazieren Sie Ihre Hände und Stimmen nicht zu sehr. Sie werden sie noch brauchen … nämlich für die sensationelle Yasemin-Rihanna!«

Während ich Yassi die Hand reiche, um ihr auf die Bühne zu helfen, springt Björn-Dakota unter Beifallsbekundungen vom Podest und mischt sich unter die anderen Schüler.

Yassi übernimmt das Mikro und schließt die Augen.

Als ich sehe, wie sehr sie zittert, fange ich an zu beten, und dann, nur einen angespannten Atemzug später, erfüllt Rihannas kraftvolle Stimme die Sporthalle.

»Shine bright like a diamond ... Shine bright like a diamond ...«

Blümchen und ich bewegen uns zur Melodie und mit jeder Songzeile wird auch Yassi immer lockerer. Sie öffnet die Augen und beginnt zu tanzen. Das pinkfarbene Perückenhaar wippt auf und ab und die winzigen Sterne darin glitzern und blinken.

Immer wieder sehen wir uns lächelnd an. Mein Herz hüpft, und es kommt mir so vor, als würden Blümchens verrückte Schmetterlingsarten in meinem Bauch herumflattern.

Als das Lied zu Ende und Yassis letztes »Shine bright like a diamond« verklungen ist, herrscht einen Moment lang knisternde Stille. Und dann bricht tosender Applaus los.

Die Zuschauer erheben sich von ihren Plätzen, stampfen, pfeifen, klatschen, winken und johlen: »Zugabe! Zugabe! Zugabe!«

Yassi verbeugt sich, zeigt auf die einzelnen Bandmitglieder und verbeugt sich abermals, aber die Zugabe-Rufe wollen einfach nicht abreißen.

»Vielen, vielen Dank«, sagt sie. »Ich freue mich sehr, aber jetzt möchte Lilly erst noch mal ein paar Worte an Sie richten. Sie hatte die Idee für unser Unterstufenfest und sie hat auch alles organisiert.«

Ich übernehme das Mikro und wieder erschallt Beifall.

»Yassi übertreibt«, rufe ich lachend. »Natürlich habe ich das Fest nicht allein auf die Beine gestellt. Sämtliche Schülerinnen und Schüler der Unterstufe haben mitgeholfen und mitgewirkt. Wir haben das Programm zusammen erarbeitet und uns dabei richtig gut kennengelernt. Außerdem hätten wir es ohne die Hilfe unserer Lehrer Frau Tiffert, Herrn Jubeik und Herrn Lessjahn und Hausmeister Böhmer niemals so gut hinbekommen.«

»Genau!«, jubelt Blümchen und nimmt mir einfach das Mikro aus der Hand.

Irritiert sehe ich sie an, denn abgesprochen war das nicht. Doch Blümchen grinst mich nur frech an. Im nächsten Moment reißt sie meinen Arm hoch in die Luft, so als wollte sie einen Sieger küren, und ruft: »Dies ist ein ganz besonderer Tag. Denn nicht nur unsere Schule feiert Geburtstag, sondern auch Lilly Wunderbar!«

Ein Tusch ertönt und die Big Band spielt noch einmal *Happy Birthday*, nur mit dem Unterschied, dass Stevie Wonder diesmal wirklich singt. Und so endet unser tolles Fest unter Standing Ovations absolut Yassi-Stevie-Wonder-Bar!

Als wir eine gute halbe Stunde später erschöpft, aber selig die Sporthalle verlassen, warten Mama, Papa, Oma Brille, Jackie, Philipp und auch Blümchens und Yassis Eltern sowie ihre Schwester Busra vor der Tür auf uns.

Sie schließen uns in ihre Arme, drücken uns halb platt vor Begeisterung und hören gar nicht mehr auf, uns zu versichern, wie stolz sie auf uns sind. Mama, Oma Brille und Yassis Mutter haben sogar feuchte Augen.

»Dass du so etwas kannst, mein Kind«, meint Frau Celik hingerissen. »Und was für hübsche rosafarbene Haare du neuerdings hast!«

»Die Perücke hat Akin mir geschenkt«, erzählt Yassi. »Ich hoffe, Yenge Hatice war nicht allzu schockiert«, setzt sie etwas ängstlich hinzu.

»Ach was«, erwidert ihre Mutter abwinkend. Sie schlingt die Arme um Busras und Yassis Schultern. »Hatice ist bloß ein bisschen neidisch auf mich, weil ich zwei so wundervolle Töchter habe.«

»So, jetzt wollen wir aber nicht länger hier herumstehen«, meldet sich Oma Brille energisch zu Wort, »sondern genauso fröhlich und vor allem recht ausgelassen bei mir daheim im Garten weiterfeiern.«

»Ausgelassen?«, gebe ich zweifelnd zurück. »Ich glaube ja nicht, dass Herrn Cornils das gefallen wird.«

»Nicht nur ihm nicht«, erwidert Oma Brille. »Ich habe nämlich seit gestern eine neue Mitbewohnerin. Und die möchte ich so schnell wie möglich wieder loswerden.«

»Was denn für eine Mitbewohnerin?«, frage ich erstaunt, und Mama sagt: »Du sprichst doch hoffentlich nicht von Tante Elfriede?«

»Von genau der«, brummt meine Großmutter. »Sie möchte leider nicht ausbezahlt werden. Lilly hat sie übrigens bereits kennengelernt«, fügt sie mit einem Seitenblick auf mich hinzu, »und fand die ehrenwerte Dame auch nicht besonders sympathisch.«

»Kann man so sagen«, erwidere ich. »Wieso darf Tante Elfriede einfach bei dir einziehen und was bedeutet ausbezahlt werden?«

»Tja, Lilly, weißt du, das ist nämlich so«, erklärt Papa mir. »Weil Tante Elfriede die Schwester von Opa Herman ist, hat sie einen Teil seines Hauses geerbt. Da man damit in der Regel jedoch nicht viel anfangen kann, haben wir beschlossen, ihr den Gegenwert in Euro zukommen zu lassen. Das nennt man ausbezahlen.«

»Deine Großtante möchte aber bedauerlicherweise kein Geld, sondern lieber einen Teil vom Haus«, sagt Oma Brille. »Und deshalb müssen wir ihr möglichst schnell und unmissverständlich klarmachen, dass es in der Rosenstraße alles andere als gemütlich zugeht.«

»Damit sie wieder auszieht und doch lieber das Geld nimmt?«, fragt Philipp.

Oma Brille reckt den Daumen hoch. »So ist es, mein Junge.«

»Na, das werden wir ja wohl hinkriegen«, meint Jackie

und knufft mich gegen die Schulter. »Nicht wahr, Schwesterchen?«

Ich wundere mich über ihre ungewohnte Zutraulichkeit, nicke aber trotzdem.

Während unsere Eltern noch darüber beratschlagen, wie wir am besten allesamt auf einen Schwung nach Wittenfeld hinauskommen, laufen Yassi, Blümchen und ich los, um unsere Rucksäcke aus den Spinden zu holen.

»Mein Geschenk bekommst du übrigens nachher«, sagt Yassi, die inzwischen wieder ihr Kopftuch trägt. »Ich hoffe, das ist okay.«

»Klar«, sage ich.

»Meins auch«, erklärt Blümchen.

»Ja, ja«, erwidere ich ungeduldig, denn viel mehr brennt es mir unter den Nägeln, endlich etwas über ihre Begegnung mit Jakob zu erfahren.

»War super«, meint Blümchen kurz angebunden.

»Dann seid ihr jetzt also richtig zusammen?«

Meine Freundin schüttelt den Kopf. »Nee, sooo schnell geht das nicht. Aber wir treffen uns von nun an natürlich öfter.«

Hm. Was auch immer das bedeutet ...

»Hat eigentlich eine von euch die Pissnelken gesehen?«, frage ich.

»Heute?« Erneut schüttelt Blümchen den Kopf. »Nö. Allerdings habe ich gehört, dass Marie den zweiundzwanzigsten Platz im Kopfrechnenmarathon belegt haben soll.«

»Respekt!«, entgegne ich grinsend.

Yassi und Blümchen grinsen ebenfalls – und meine Jackentasche vibriert.

»Nanu?«, murmele ich und ziehe mein Handy hervor.

»Eine Nachricht«, sage ich. »Von Luis. Ähm, soll ich sie öffnen?«

»Logisch«, antwortet Blümchen. »Ist doch unser Erzfeind.«

Ich würde den schlüssel lieber von dir
persönlich entgegennehmen, lese ich vor.
Vielleicht bei einem eis?

»Was für ein Schlüssel?«, will Yassi wissen.

»Der von Maltes Haustür«, sage ich. »Den habe ich nämlich aus Versehen behalten.«

»So, so«, meint Blümchen kichernd. »Und Luis will ihn *persönlich* entgegennehmen? Bei einem Eis?«

Ich zucke die Achseln. »Scheint so.«

»Komisch«, sagt Yassi. »Wo er doch Malte gehört.«

»Hm.« Blümchen runzelt die Stirn. »Und welcher von den beiden wollte dich noch mal küssen?«

»Keine Ahnung«, schwindele ich. »Ist mir auch egal.«

Dabei würde ich den einen der beiden eigentlich schon ganz gerne mal treffen. Diese komische Kuss- und Schlüsselaktion hat mich nämlich ziemlich durcheinandergebracht. Aber davon sage ich Yassi und Blümchen vorläufig lieber nichts.

Und außerdem: Jetzt wird sowieso erst mal Geburtstag gefeiert, auf dass Großtante Elfriede die Ohren abfliegen!

© Patricia Schröder

Autorin

Patricia Schröder, 1960 im Weserland geboren, wuchs in Düsseldorf auf, studierte Textildesign und arbeitete einige Jahre in diesem Beruf. Als ihre Kinder zur Welt kamen, zog sie in den Norden zurück. Dort ließ sie sich mit ihrer Familie und einer Hand voll Tieren auf einer kleinen Warft nieder und fing an, sich Geschichten auszudenken. Ihr liegt besonders die Leseförderung am Herzen. Inzwischen gehört Patricia Schröder zu den erfolgreichsten deutschen Kinder- und Jugendbuchautoren.

In der Reihe »Lilly« sind bei cbj/cbt diese Bände erschienen:
Lilly – Total verrückt und auch ganz anders
(Band 1, 22583)
Lilly – Lampenfieber und kein bisschen leise
(Band 2, 31464)
Lilly – Voll verknallt und ziemlich crazy
(Band 3, 15708)

Mehr über cbj auf Instagram unter @hey_reader

Patricia Schröder

Lilly – Total verrückt und auch ganz anders

ca. 224 Seiten, ISBN 978-3-570-22583-7

Die 11-jährige Lilly hat ein großes Herz und sprüht vor verrückten Ideen. Und mit ihrer Wundersprüchebox, in der sie allerlei lustige Sprüche sammelt, hat sie noch jedes Problem gelöst. Zum Beispiel, wie man es den nervigen Nachbarsjungs heimzahlt, wenn die Lilly und ihre beste Freundin Blümchen mal wieder geärgert haben. Doch als die neue Mitschülerin Yassi in ihre Klasse kommt, wird aus Spaß Ernst. Denn Yassi wird von allen gehänselt und jemand spielt ihr böse Streiche. Für Lilly ist klar: Sie muss Yassi helfen. Und es wäre doch gelacht, wenn nicht auch hier die Wundersprüchebox helfen könnte.

30360

www.cbj-verlag.de